「ぜったい諦(あきら)めないから」

「ねえ、リホちゃん。
僕と
付き合わない？」

春日坂高校漫画研究部
第4号　恋愛オンチは悪魔と踊る！

あずまの章

21599

角川ビーンズ文庫

Contents

1 恋する乙女の上腕二頭筋 …7
2 不平等条約 …36
3 走れリホコ …62
4 初めて君と …96
5 天使の思惑、私の都合 …113
6 野獣のさけび …119
7 私は魚になりたい …131
8 五味貴志という後輩 …140
9 蓼食う虫も好き好き …150
10 萌えたら負けだと思っている …167
11 鰐淵、襲来 …180
12 『だって』記念日 …193
13 天使、ふたたび …201
14 住宅街の中心で愛を叫んで近所迷惑 …209
15 新しい靴を履かなくちゃ …221
16 草ばっか食ってはいられねえ …228
17 プロポーズ …249
番外編 タモツの野望(回想) 275
あとがき 284
オマケまんが 285

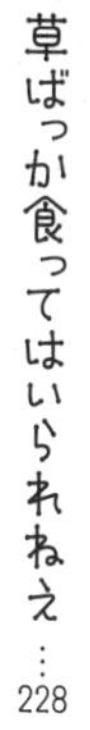

春日坂高校漫画研究部
人物紹介★
イラスト／ヤマコ
うるさい！空気読め
よしむら りほこ
吉村里穂子
恋もオシャレも興味ない
二次元大好きっ子。
漫研所属。
ほんとズレてんなぁ
チャラいけど、実はいい奴？
誰にでも優しい爽やかボーイ
告白したが…？
いわさこそういちろう
岩迫総一郎
笑顔が爽やかな
正統派イケメン。
テニス部所属。
かみや けいた
神谷蛍太
里穂子の兄の悪友。
超チャラ男で
女子にモテる。

漫研部

きたがわれいか
北川麗華(キタちゃん)

里穂子の親友。
実家は剣道場の格闘少女。

その他の部員♪
- 幸子部長
- トモ先輩
- マリちゃん
- メグっぺ

リホ先輩——!!!

ごみたかし
五味貴志

テニス部と漫研を
兼部するイケメンオタク。
若干KY。

里穂子の家族

よしむらかなこ
吉村花菜子(カナ)

里穂子の妹。見た目は派手だが、
中身はピュア。

よしむらしょうた
吉村翔太(ショータ)

里穂子の兄。超ヤンキーだが、
実は(隠れ)シスコン。

カバーイラスト／ヤマコ
口絵・本文イラスト／島陰涙亜

1 恋する乙女の上腕二頭筋

例えば入稿締め切りの一日前、ギリッギリの状態を想像してみてほしい。

前日から寝ていない最悪のコンディション、視界はちょっとチカチカするし、手足は震える。もういい、寝ろ、と言われそうな状況の最中、原稿の中に、些細なミスを見つけたとする。

ミスといっても線がほんのちょっとはみ出ている、という程度のものだ。顔を近づけてよく見ないことには気づかない、プロが描いた漫画でもよくあるような、ミスとも呼べないミス。

普段であればいちいち気にすることもないだろう。とっとと原稿を完成させて寝たいと思うだろう。しかし私はそうではない。一度気になれば、どうしても修正せずにはいられなかった。

タイムリミットが刻一刻と迫る中、ほんのわずかな線のはみ出しを、コツコツと消していった。馬鹿である。

けれどやめられなかった。気づいてしまったら見て見ぬふりはできない、そんな性分だから。

――だから、修学旅行の前日、それも夜中に、自分の前髪が気になった末に切ってしまうのも、無理からぬ話なのである。

早朝から乗り込んだモノレールは、座席がすべて埋まるほどの混み具合を見せていた。土日ならまだしも、平日なのにこの混みよう、偶然同じ時間帯に乗り合わせた乗客らは、朝っぱらから騒がしい私服姿の学生の集団にすっかり気圧されていた。

そんな群れの中、ひとり車窓から景色を眺める儚げな女学生がいた。そう、私である。

寝不足からくる気持ち悪さを呑み込みながら、瞼を閉じて少しでも眠ろうとするのに、周りがうるさくてそれもできない。皆、元気すぎだろ。時計を見てみろ、まだネンネの時間だぜ。

結局、空港がある駅までの三十分間、一睡もできなかった。

終着駅で降りると、ホームにある時計は六時を指していた。集合時間は六時半。すぐ隣は集合場所の空港になっていて、連絡橋を渡って続々と学生たちが集まっている。妹から借りたキャップを深くかぶり直し、私も群れの最後尾に加わった。

集合場所は南ターミナル。地図を確認するまでもなく、学生の流れに乗っていけば到着することができた。これはあれだ、初めて行くイベント会場のときと同じシステムだ。

高すぎる天井をぼけっと見上げていると、遠くのほうから名前を呼ばれた。はっと我に返り、慌ててキャップのつばを上げる。声のしたほうへと首をめぐらせてみると、同じクラスの村っちとちよちゃんが大きく手を振っていた。

　弱々しく手を振り返しながら、小走りで歩み寄る。キャップのつばを掴んだまま、それは不自然以外の何物でもなかったけれど、必死な私はまるで気づかない。

「帽子かぶってたから、最初はリホちゃんだって分からなかったよ」

「え、そ、そうスか？　変？　似合ってない？」

「変じゃないけど、なんていうか、挙動不審じゃない？」

「どこが!?　どのへんが!?　言いがかりはよしたまえよ!!」

「必死すぎだし。怪しいなぁ」

　村っちの探るような視線がキャップに注がれる。ハゲを隠す男性の気持ちが今、痛いほどよく分かった。

「出席報告まだしていない生徒、早く済ませなさーい！」

　ここで天の助け。行ってくるねと言い残し、壁際に佇む担任教師のもとへと駆け込んだ。

　出欠を取ってもらった後は、お手洗いと称して再び逃げる。さらには集合時間になるまで土産物店を冷やかした。あれだね、赤福ってどこにでも売ってんだね。

六時半になると、生徒はクラスごとに整列して、出欠の最終確認、機内での注意事項、および春高生としての云々かんぬんを聞かされたのちに飛行機へと搭乗した。

初めて飛行機に乗るのか、一部の生徒のテンションがすごい。かくいう私もほとんど初飛行機だ。まだよちよち歩きのころに一度乗っているらしいのだが、もちろん覚えていなかった。前の座席との間隔の狭さに戸惑うばかりだ。

窓際がよかったけれど、残念ながら席はあらかじめ決められていて、両側が通路になった真ん中の四列席だった。座席はクラスの席順になっている。というわけで隣は例のあの彼――ではなく後ろの席の甲斐君だった。誰だ縦から数えて席順決めたの、グッジョブだわ。

「俺、飛行機はじめて」

その割には甲斐君は落ち着いて見えたが、よーく観察してみると実はただ緊張しているだけだった。鞄につけられた交通安全のお守りは、わざわざこの旅行のために買いに行ったのだろうか。

ちなみに甲斐君の私服姿は初めて見るが、なんていうか、甲斐君、って感じだった。オシャレでもなく、ダサくもなく、甲斐君に服を着せたらまさしく甲斐君みたいな。妹に私服のチェックをしてもらった私が言えた義理でもないけれど。

「お前、帽子くらい取ったら?」

「は?　カツラかぶったひとにも同じこと言えんの?」

「なんでそうなる」

死活問題だからだよ！

今までハゲの男性に対して、隠す必要ねーじゃん誰も気にしねーよと思っていた自分に説教をしてやりたい。よく考えてみれば、今まで隠れていた部分が丸見えになるってことだよ。ハゲを晒すこと、それはハダカで歩くことと同義。そりゃ恥ずかしいわ、必死で隠すわ。

「別にどうでもいいけどさ。あ、お前の鞄、ここに入れとくからな」

「ありがとうございます！」

着替えの詰まった鞄を甲斐君に渡そうとした、そのとき。不意に横から伸びてきた腕が、ひょいとそれを奪い取った。

「俺が入れてあげる」

見上げた先には、穏やかな顔のひと。文化祭のあの光景が、フラッシュバックする。

「出すときも言って。俺がするから」

「……あー、うん、ありがとう」

岩迫君。

キャップのつばを引き下げる。こういうとき、帽子ってほんと便利だ。

ごくごく自然に顔を背け、座席に座った。視線が横顔に注がれている気がするのは、きっと私の被害妄想だ。「早く座れ」と注意する先生の声が聞こえた途端、視線らしきものはふっと消えた。

すべての生徒が鞄を収納し終え、着席した数分後。飛行機が唸りを上げはじめた。機長の挨拶がアナウンスされると、どこかで拍手をするお調子者がいたり、「落ちるー」とろくでもないことを言うバカもいた。

私は座席の背もたれに体を預けながら、ようやく訪れた眠気に浸かろうとしていた。

「なあ、吉村」

「んー」

「お前らさ、文化祭でなんかあった?」

小声で話しかけてくる甲斐君の問いかけに、一瞬反応が遅れる。深くかぶったキャップのせいで、眠気が吹き飛んだ顔も、動揺した顔も見られずに済んだ。

「なんもないよー。ていうか私、眠たいから寝かせて」

今はもう全然眠たくなくなったけど、キャップのお陰で嘘も嘘とバレない。ちなみにキャップを野球帽と呼んで、妹のカナに思いっきり呆れられたのは昨夜のことだ。なんだよ、いいじゃん。最近の日本はなんでもかんでも英語に置き換えて言うの、よくない風潮だと思う。

寝たフリをしていたら、本当に眠ってしまった。長崎空港に到着するまでの一時間半。記憶がまるでない。

意識の外で、若い女性の声がする。落ち着いた口調で喋る声に聞き覚えはなかったが、だんだんと意識が浮上してくるうちに、それがキャビンアテンダントのアナウンスだということに気がついた。まだベルトは外さないように言っているけれど、飛行機はすでに地上に着陸しているようだ。

よほど深く眠れたのか、頭がすっきりしている。キャップを外して伸びをすると、肩からポキッといい音がした。あーよく寝た。

ベルトを外してもいいというアナウンスが聞こえ、周囲が一斉にガチャガチャとうるさくなる。次々に荷物を下ろす生徒のひとり、同じクラスの真柴さんと目が合った。吊り気味の彼女の目が、まん丸に見開かれる。え、なに、ヨダレでもついてた？　慌てて口元を指で拭うのと、彼女が叫ぶのはほとんど同時だった。

「やだリホリホ、どうしたのその前髪！」

口にあった手が今度は頭部に回った。っげ、キャップ外してた。起きた瞬間になんだこれ邪魔だなと思ってあっさり外してましたよ私。

真柴さんの大声に誘われ、他の女子もやってくる。私は完全にハゲがバレた中年男性の絶望感を味わいながら、最後の足掻(あが)きをしていた。

「けっこう思い切って切ったじゃん」

「いや、あの」

「リホリホ、前髪切ったの？　見せてよ」

「き、切ってない、」

「じゃあ手、どけてよ」

「い、いやです……」

この世のすべてのハゲよ、オラに力を！

うぉおおお力が両手に集まって……こない！　でしょうね、ハゲてないもの。前髪切り過ぎちゃっただけだもの。

涙目(なみだめ)になった私はついに観念して、両手を頭から外した。途端に起こる笑い声。いつもより出た額が、恥ずかしさで今、痛いほど熱い。

「中学生みたーい！」

それは妹にも言われた。しかもカナは指を差して笑い転げ、ついでに階段も転げ落ちていった。無傷だった。

「言うほど悪くないよ。かわいーかわいー」

「もっと短くてもよかったんじゃない？」

「ちょっとパッツンなところが逆にイケてるって」

笑うだけ笑ったあとはフォローを入れてくれるところに友情を感じる。早めにバレてこれはこれで良かったのかもしれない。

クラスの女子たちは散々に私の前髪をイジり倒すと、満足したのか飛行機を降りていった。解放された私は、短くなり過ぎた前髪を改めて指先で挟んでみた。いつも眉の上にかかっていたそれは、数センチ上で額を撫でていた。

「ずっと帽子かぶってるから何かと思えば、前髪切りすぎただけかよ」

隣にいた甲斐君の呆れ返った台詞に顔を上げると、彼は自分の荷物を棚から下ろしていた。

「どうしても気になったから、ちょっとだけ切るつもりがザックリいっちゃって」

それを修正していくうちにどんどん短くなっていき、妹に笑われ、代わりに切ってもらったらさらに取り返しのつかないことになり、呆然としていたところで兄が登場、意外な器用さを見せてなんとか今の前髪に整えてくれた。

見事な三段オチに、涙を禁じえない。兄がいなかったら、修学旅行を突然の腹痛で欠席していたことだろう。昨夜は兄が兄らしい行動を見せてくれた、数少ない場面であった。

足元に落ちていたキャップを拾う。今度はかぶらず、持っていた小さなショルダーバッグに仕舞った。バレたのだから、隠す必要はもうない。

それに妹情報によると、最近は前髪をかなり短くするのが流行っているらしい。

『だからリホの前髪も流行のさいせ、さいせんたん……じゃないよねソレ完全に失敗した前髪だし！』

お前もその失敗に加担したひとりだろーが！

ちなみに笑いすぎて階段を踏み外したのはこの直後である。私を笑った罰だ。

雑誌でも見たけど、あの短すぎる前髪は可愛い顔と組み合わせて初めてキマるものだと思う。顔がよけりゃ坊主頭でさえもキマるのだ。三蔵法師みたいでイケてるって言われるんだ。

「俺は可愛いと思うけどなあ」

それはまったくの不意打ちだった。

目の前に差し出された荷物。思わず受け取ると、重すぎて落としてしまった。

「気をつけて。それとも俺が持とうか？」

かろうじて首を横に振ると、そっか、とだけ言って彼は出口へと向かっていった。

視界の端で、甲斐君が口を開けた状態で突っ立っているのが見えた。その足元には同じく重そうな荷物が落ちている。

どうやら今のは、私だけの幻聴ではなかったらしい。

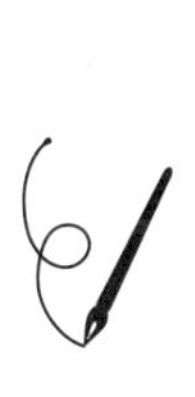

長崎空港に降り立ったのは、午前九時過ぎだった。

空港は人工島の上にあり、外に出ると嗅ぎなれない海の匂いが暖まった空気と一緒にむわりと漂っている。もう十月だというのに長崎の日差しは強く、半袖でもいいほどだった。

ここからバスに乗って、平和公園がある松山町に向かった。右手を垂直に、左手を水平に掲げているあの巨大な像があるところだ。

そもそも、私たちの学年の修学旅行は、長崎ではなかったという噂がある。

というのもひとつ上の先輩、幸子先輩たちが行ったのは北海道で、ふたつ上が沖縄だったからだ。北海道と沖縄、交互に行き先が変わるというのは私も聞いていた。だから今年の修学旅行は、誰もが沖縄だと思っていたのだが。

「平和公園付近の観光が終わったら、昼食とって五島列島行きのフェリーに乗るからな。時間までに集合場所に戻ってくること。いいなー」

失礼を承知で言わせてもらうと、五島列島が何県なのか、修学旅行の行き先になるまで私は知らなかった。私だけではない、クラスのほとんどが五島列島がどこに位置しているのか分かっていなかったのだ。

行き先が発表されたときのクラスの空気は困惑一色。どこだよ、という生徒のつぶやきを拾った担任の茂木先生が、普段は持ち歩かない大きな日本地図を取り出して黒板に張り出したのを見たときは、なんで用意してんだよ、と誰もが疑問に思った。

指し棒を伸ばして、「五島列島はここだ！」と指し示してくれたはいいものの、クラスの空気が困惑から今度は不満に変わる。

「沖縄って聞いてたんだけど！」

「誰にだ？　先生、そんなこと一言も言ってないぞ」

「沖縄と北海道のどっちかじゃないんですか？　なんで五島列島が割り込んでるんですか」

「うちの修学旅行先は、四年に一度、五島列島だ」

「オリンピック気取りかよ！」

四年に一度……どうりで情報が入ってこないわけだ。私が一年のときには、五島列島に行った先輩たちはとっくに卒業していたのだから。

「ぶうぶうぶうぶう、いい加減にしろ！」

生徒たちに責められ続けた先生が教壇を叩く。それでも抗議は止まらない。まあ私も沖縄か五島列島、どっちに行きたいか訊かれたら、沖縄だと答える。

「今はそうやって不満ばっか口にしてるけどな、最終日になったら帰りたくないって駄々捏ねるんだからな！　五島列島に行った生徒、皆そうだったんだからな！」

「ないない。沖縄に行きたい」

「だまらっしゃい！　いいか、五島列島には日本一美しいと言われているビーチがあるんだぞ。ただし行くのは十月だから寒くて泳げないけどな」

「もう決まったもんね！　お前らが泣こうが喚こうが、五島列島だ！　ちなみに沖縄北海道は二泊三日だがお前ら五島列島組は三泊四日だ！　よろこべ！」

ええええー、という悲鳴をバックに、最後まで生徒を煽りに煽った先生は教室を出て行った。どこのクラスの反応も同じだったとあとで聞いた。

不満タラタラだった生徒たちだったが、その気持ちを修学旅行当日まで引きずることはなかった。決まったもんはしょうがない、楽しまないと損だ。でも沖縄がよかったな、という感じである。

平和公園に到着してバスから降りると、テレビでも観たことのある平和祈念像が出迎えてくれた。

これから先、二時間ほどは自由行動になる。渡された地図の範囲から出なければ、どこに行ってもいいらしい。

くれぐれも他校の生徒とトラブルにならないように、という締めで解散。いっせいに立ち上がった生徒たちは、それぞれ仲の良い友達同士で固まると、さっそく自由行動を開始した。

修学旅行では、宿泊するときの部屋割りは決めても、自由行動のグループは決めなかった。クラスでぼっちの生徒に配慮したのかどうかは知らないが、先生たちは集合時間に戻ってくれさえすればあとはもういいみたいな態度だった。我が高の校風は『自主・自律・自由』だが、

「意味ねー！」

外部からは『放牧』と揶揄されていることを先生たちはもっと自覚したほうがいいと思う。まあキタちゃんと一緒に自由行動できるのは嬉しいんだけどさ。

「リホリホはどこ行くの？」

キタちゃんと合流すべく、六組の列から出たところで塔元さんたちに呼び止められた。真柴さんと田辺さんも一緒にいる。

「公園の中を散策して、あとは教会に行くつもり」

キタちゃんは眼鏡橋まで行きたかったそうだが、残念ながら地図からは大きく外れていた。先生たちは無駄に放牧する気はないらしい。

「そっかそっか。迷子にならないようにね」

塔元さんと田辺さんのニヤニヤ顔に首を傾げる。真柴さんだけがなんとも言えない表情を浮かべていて、二人を引っ張るようにして去っていった。

今のはなんだったのだ。あといくら前髪が短くて中学生みたいだからといって、迷子にはならないって。

真柴さんたちと別れてすぐ、スマホにキタちゃんからの着信があった。トイレに行ってくるから待ってて、だそうだ。

集合場所から一番近いトイレの傍の木陰で待つことにした。今日は本当に暑い。日焼け止めを塗ろうとバッグを漁っていると、制服を着た他校生の集団が騒ぎながらこっちにやってきた。

向こうも修学旅行生なのだろう、私と同じ地図を持っていた。

ちらっと視線を上げて、すぐに戻す。見るからに派手な集団だった。兄の高校と同じ、危険な匂いがした。

トイレは随分(ずいぶん)と混(こ)んでいるらしく、キタちゃんは一向に出てこない。手持ち無沙汰(ぶさた)の私はことさらゆっくり日焼け止めを塗った。

「ねえ、それ貸してよ」

「はい？」

横合いから急に伸びてきた手を視線で追えば、そこにはさっきの他校生のひとりがひとなつこい笑(え)みを浮かべて立っていた。

「日焼け止め、忘れちゃってさー」

「はぁ」

それより何より、どちらさまだよ。初対面の人間に物を借りるって、コミュ力高すぎて逆にビビる。

「あ、ナンパじゃないから」

そこは真顔で否定すんな。いいか、この世には社交辞令っていうのがあってだな。

「吉村！」

日焼け止めを貸そうとしたところで、それを咎(とが)めるように声がした。正面から走ってくる男子を見て、小さなボトルがころりと指から零れ落ちる。

「おっと」

地面に落ちる前にキャッチした日焼け止めを、見知らぬ他校生は使わずに返してきた。

「いやほんと、ナンパじゃないからさ」

それは私に言ったのか、それとも駆けつけてきた岩迫君に言ったのか。腕を摑まれて引きずられていく私には結局分からなかった。

「何もされてない!?」

トイレからは見えないところまでやってくると、岩迫君は私の全身を眺めて、さらには怪我はないかと訊いてきた。もちろんあるわけがない。

「異文化コミュニケーションしてただけだし」

「絡まれてるようにしか見えなかったけど」

「いやいや、意外といい子だったよ」

ちょっとだけ神谷に似ていた気がする。顔じゃなくて主に態度が。初対面であんなにズカズカとパーソナルスペースに上がりこまれたのは神谷以来の経験だった。

「あ、キタちゃんだ」

私を探しているのか、きょろきょろしながら歩くキタちゃんを見つけた。まだ何か言いたそうな岩迫君を残し、走り出す。

視線は、一度も合わなかった。合わせなかった。

「ねえ、リホ。歩くの速いよ」

長くて急な下り坂を前かがみになって歩いていた私は、声をかけられようやく立ち止まった。

後ろを振り向くと、心配と不機嫌を足したような顔をしたキタちゃんが腕を組んで立っていた。

「ごめん」

「いいよ。それより、ちょっと休憩しない？」

坂を下って、目当ての教会に行く途中だった。まだ疲れてはいなかったけれど、これはたぶんキタちゃんからのサインだ。聞いてあげるっていうサイン。

ベンチはなかったので坂の途中にあった階段に腰を下ろす。それからさっき買ったペットボトルのお茶で喉を潤した。

「そうだ。後輩のお土産、私がまとめて買っておくからね」

「いいの？」

「リホだと変なの買いそうだから」

それは否定できないので、お土産選びはキタちゃんにおまかせすることにした。あとでお金払うね、と言って、ペットボトルをバッグに仕舞う。

今いる坂は、街から離れているせいもあり静かで過ごしやすかった。ずっと下のほうには街並みが見える。行きはいいけど、帰りは上り坂だということに思い当たり、ちょっと嫌気が差した。

「ねえ、キタちゃん」

「なにー」

キタちゃんはスマホで周囲の景色を撮影していた。小説の題材にでもするつもりなのだろうか、随分と熱心だった。

「なんでひとは、ひとを好きになるのだろうか」

カシャ。という撮影音を最後に、キタちゃんは黙ってしまった。言った私は恥ずかしくなって、彼女のほうを見ることができなかった。

しばらくして、キタちゃんの唸り声がした。

「……それ、今答えなきゃ駄目？　時間が欲しいんだけど」

「いやいや、そこまで悩んで答えを出してくれなくていいよ！」

キタちゃんなら明確な答えを出してくれるんじゃないかという期待はあった。けれどそんなキタちゃんさえも悩ませる不可解な現象、『恋』。

「文化祭が終わってから、私も色々と考えたわけです」

「考えたって、なにを」

岩迫君に告白されたことは、すでにキタちゃんには話してある。というか、あまりにも衝撃的すぎて、自分ひとりの胸には留めておけなかったのだ。

話を聞いてくれたキタちゃんはあまり驚いてはいなくて、そしてなぜかしきりにメモをしていた。ひとの不幸はネタの味……別にいいんだけどさ。

「果たしてこの世に、恋というものは本当に存在するのかと」

「いくら自分が理解できないからって、存在自体を否定するのはどうかと思う」

「否定じゃないよ。疑問を呈しているんだよ。恋とは、つまり生存本能だよ。子孫を残したいという原始的な欲求を、果たして恋と呼んでいいものなのだろうか」

「考えすぎておかしな方向にいった……」

キタちゃんが引き攣った顔で半歩下がっていたが、まあ落ち着きたまえよ。

「でも世の中には子供はほしくないけど、結婚したいひとはいるよね。ということは、私の生存本能説は否定されるわけだ」

「理系脳が大暴走してる」

なにやらキタちゃんが恐れおののいているようだが、どこか変かね？

……長崎の坂の途中で本能とか欲求とか言ってるのはたしかに変だな。

「好きって気持ちをそこまでこねくり回してる女子高生は、世界広しといえど、あんたくらいなもんよ」

「そうかな？　というかキタちゃん、キタちゃんはもしや」

「分かるわよ。好きなひと、いたもん」

今度は私が黙り込む番だった。なんかショックだ……いや、私がポンコツなだけで、恋愛って聞くところによると普通にできるらしいじゃん。なぜか私にとっては難易度高のムリゲーなわけだけど。

「い、いつ？　誰か訊いてもいい？」

キタちゃんの視線が遠くへと向けられた。その横顔が、いつもより大人びて見えた。

「中学のとき。相手は道場に通ってた門下生の男の人だった」

「年上ですか」

「二十代のね。言っとくけど、告白はしてないからね」

好きになっただけよ。

それ以外は何もなかったのと言うキタちゃんが寂しげで、でもどこか堂々としていて、恋をした人間と私との違いをまざまざと見せ付けられてしまった。

「好きってね、どこまでも単純で、どこまでも複雑なのよ」

「それって、どっちなの？」

「どっちでもなく、どっちでもある」

「はっきりしてほしいんだけど」

「これだから理系は」

哀れみの視線を向けられてしまったが、私としては恋の方程式とやらを知りたいんだよ。鰐淵先生に訊けば教えてくれるだろうか……確実に馬鹿にされるな。

「実際に恋してみないと、辛さも甘さも分かんないわよ。私だって初恋を経験するまでは、まさか好きなひとを思い浮かべるだけでダンベルの新記録を出せるとは思ってなかったもの」

そう言ってキタちゃんは逞しい上腕二頭筋を披露してくれた。恋のパワー恐るべしである。

「だからさ、恋が存在しないなんて言わないでよ。たしかにここに、あったんだから」

ほろ苦く笑ったキタちゃんの上腕二頭筋を触らせてもらった。固くて、でも弾力があって、強い何かがいっぱいに詰まっていた。誰かを想って鍛えた筋肉を堪能したあとに自分の二の腕に触れてみた。たるみきった感触には、軽く絶望した。

二時間の自由行動が終了すると、いよいよ修学旅行の目的地に向かうことになる。

フェリー乗り場がある港の船着き場には、すでに大きな船が待ち構えていた。一般のお客さんが乗ったあとに、私たち春高生が乗船すると、フェリーはほどなくして出発した。二百人程度の生徒を乗せた船は、一路五島列島を目指す。先生曰く、100キロの船旅だという。

　フェリーはゆっくりと岸を離れ、入り江を進んでいった。途中、世界遺産に登録されたというクレーンがあったが、はしゃいでいたのは日本史の先生だけだった。

　造船所を通り過ぎ、大きな橋の下を潜った船はいよいよ大海に出る。初めて体験する船旅に、生徒たちは落ち着きなく窓の外を指差したり、外の通路から身を乗り出しては先生に注意され、それでも抑え切れない興奮を露にして騒いでいた。私は静かに興奮しつつも窓にへばりつき、遠のいていく街並みを目に焼き付けようとした。

　出港してから一時間。

　乗り込んだ当初はうるさすぎるほど元気だった生徒はどこにもいない。注意しに回っていた先生が寝てしまうくらい、船内は静かだった。理由はあまりにも暇すぎるからだ。

「島まで四時間かかるって意味分かんないんだけど、っと、これダウト」

「残念村っち、ダウトじゃありませんでしたー」

「やっちまった。ていうかダウト飽きてきた」

「私はトランプ自体に飽きてきたよ」

　思いつく限りのゲームをやったが、たったの一時間しか消費できず、トランプ遊びはお開きとなった。村っちとちよちゃん、他の仲の良い女子たちも、うんざりした様子で時計を見て、ため息をついていた。

カーペットが敷かれただけのだだっ広いスペースは、ほぼ春高生で埋め尽くされている。お喋りしているグループもいれば、雑魚寝している生徒もいた。

「甲板でも行く？　今なら空いてるだろうし」

外の空気でも吸えば少しは時間つぶしになるだろう。提案には、村っちとちよちゃんがのってくれた。

船内を探検気分で歩いて、甲板へとたどり着く。出港直後の甲板は生徒で溢れかえっていたそうだが、皆すぐに飽きて戻ってきていたため、今は誰もいなかった。

海風に当たっていると、暇で倦んだ気持ちが少しはマシになった。大海原をバックに写真を撮ったり、遠くに見える島を指差したり、無言で潮のにおいを嗅いだりしていたら、

「飽きた」

「ちよちゃん、まだ十分しかたってない」

隣の村っちは柵に寄りかかって半分寝ていた。甲板に出たのは間違いだったようだ。戻ると言うふたりを見送り、私はひとり甲板に残った。もう少しだけ海を眺めていたかったからだ。

潮で若干ベタついたベンチに座り、ぼんやり空を見上げた。思い出すのは二週間前の文化祭のことだ。夢じゃなかったんだなあ、とベタな感想を抱く。

あの日は、教室に戻ってから普通に片づけをして、カラオケ店で打ち上げをした。同じ部屋で歌を唄って、そう、あの日も一度も目を合わせなかった。

それからずっと、二週間も、私は彼の目を見ていない。隣の席なのに、喋るときはいつも目線を下げて、彼の手や肩ばかりを見ている。さりげない動作は、だけど岩迫君にはバレバレだろう。悪いことをしているのは自覚しているけれど、彼の目を真っ直ぐに見られるほど、私の神経は太くないのだ。

目の前をカモメが二羽、フェリーを追い抜いて、遠くに見える島へと飛んでいく。つがいか、お前ら。ちゃんと告白したのか、オス。それとも動物界には恋愛のアレコレは存在しないのだろうか。そうだとしたらなんて羨ましい。

「カモメになりたい」

「吉村、空飛びたいの？」

いや、恋愛したくないの。まあ、できないっていうのが正しいんだけどさ。

カモメが空の色に溶け込んで見えなくなったころ、私の全身を冷や汗が覆った。い、いつからいたんだ。

「……どうも」

ぎこちなく岩迫君を見る。もちろん目は合わせず、立っている彼の左手に着けられた腕時計に視線をやった。

「さっき、村地たちに会って、吉村がここにいるって教えてくれたんだ。だから話、したくて」

村地というのは、村っちのことだ。なんでそんなことするかなあ、とちょっとイラッとしてしまった。

「平和公園にいたとき、もしかして塔元さんと田辺さんから何か言われた？」

「……うん。なんか、色々とバレてるみたい。ハハ……」

はー、と特大のため息がもれる。

善意だ、きっと悪意はない。でもさあ、私の気持ちはどうなるんだよ。

「皆、勝手なことばっかりだ」

その皆の中に、岩迫君も入ってるんだけど。本当にこのときは苛々していて、つい彼を睨みつけてしまい、あ、と思った。目が合ってしまった。二週間ぶりに。

「隣、座ってもいい？」

目が合った状態のまま頷くと、岩迫君はほっとした顔をして少しだけ笑った。彼の顔をまともに見るのは久しぶりな気がする。

ベンチが軋む。隣に座った彼は長い脚を投げ出して、「風、気持ちいいな」と言った。

「こうやってまともに顔を合わせて話すのって、あの日以来だよな」

今まさに思っていたことを言われ、動揺して、ぎこちない動作で首を縦に振った。ここが教室だったら、クラスメイトがいてくれたら、もっと上手く喋れるのに、二人きりという状況が私を無口にさせた。

「なんかごめんな」

「え」

「言っとくけど、告白してごめんじゃないから」

「あ、うん」

「せっかくの修学旅行なのに、緊張させてごめんって意味だよ」

それを言いにわざわざ来てくれたのだろうか。横に座る岩迫君をそっと盗み見ると、彼もまたこっちを見たので、慌てて視線を前に戻す。

「……謝る必要、ないよ」

「でも吉村、俺が来ると、すごく困った顔してた」

「そうかな」

「そうだよ。俺、けっこう傷ついた」

「す、すみません」

「でもビクビクしてる吉村、可愛かったな」

「は」

その瞬間、船体が割と大きく揺れ、波飛沫が上がった。高い波にぶつかったらしい。

「吉村、顔真っ赤」

「……紫外線のせいです。私、赤くなるタイプだから」

どうしようもなく声が震えて、それが羞恥心に拍車をかけた。行かなきゃ。早くここから出て行かなきゃ。立ち上がろうとして、それより早く岩迫君が言った。

「友達にならない?」

意味が理解できず、立ち上がることも忘れて彼を見た。

「修学旅行の間だけ、俺が告白する前に戻ろう。俺が言うのはおかしいって分かってるけど、でもこのままじゃ、吉村は修学旅行を楽しめないだろ」

「それって、私に変なこと言わないってこと?」

「変なことってなんだよ」

「可愛い、とか」

「いや、それは全然変じゃないけど」

「私にとっては変なんだよ! とにかく、言うの、言わないの」

「……じゃあ、言わない。吉村がそれで緊張しないんなら、うん、言わないって約束する」

岩迫君の提案は、私にとって大変魅力(みりょく)的なものだった。普通(ふつう)に喋って、普通に笑い合える、普通の友達。私が望んだ関係、そのものだ。

「岩迫君」

名前を呼んで、ハッとした。目を合わせなかっただけじゃない。私は彼の名前を、ずっと呼んでいなかった。

「その話、のった。……あと、ごめんね」

岩迫君は分かっているのかいないのか、曖昧な表情で目を細め、薄く笑っただけだった。

四時間の船旅を終え、フェリーは五島列島で一番大きな島、福江島に入港した。

夕日で赤く染まる海を眺めながら、タラップを下りる。上陸した生徒たちの顔に、やっと着いたという安堵の表情と疲れが浮かんだ。

ようやく旅の目的地。修学旅行一日目の終了である。

2 不平等条約

午前六時半。スマホのアラームが一斉に鳴った。

ぱっと起き上がる子もいれば、何度も寝返りを打って唸る子もいる。中には手探りでスマホを掴み、アラームを切るやつもいた。私である。

「ヨッシー、起きな」

「……起きてる」

「いや、寝てるから」

「起きてる!!」

「それだけ元気な声出せるなら起きれるでしょ」

村っちに掛け布団を引き剝がされ、渋々起床となった。カーテンが引かれた窓の外はまだ薄紫色をしていた。布団をたたむからと畳の上に追い出される。寝間着代わりの短パンとTシャツ姿でしばらくぼーっとした。

「寝起き悪いなあ」

「まあね」

「自信満々に言うことか。それでよく毎朝、お弁当作れるね」

残り物詰めるだけだし、最近は兄妹で交代制だ。妹の手作り弁当が美味しくて、お姉ちゃんは弁当作りをやめたい気分です。

「ほら、早く顔洗って着替えて」

「分かったよ、村っち母さん」

「誰が母さんだ」

背中を叩かれて、やっと腰を上げる。タオルを持って共同の洗面所に行くと、歯を磨いたり髪を整える女子がずらりと並んでいた。

「リホリホ、おはよう」

「はよー」

「目が開いてないよ。髪もすごいし」

歯を磨いていた田辺さんの目の前で私は顔を洗い、豪快に髪を濡らした。タオルでわっしゃわっしゃと拭いて乾かして終了。ひどい寝癖はこれで直る。

「うちの弟みたい。女子としてどうなのよ」

「これが一番手っ取り早いから」

整髪剤はベタベタするから嫌だ。それに三つ編みにしてしまえばまとまるんだし。

手早く髪をまとめて部屋に戻ると、私以外の全員が着替えを済ませていた。ひとりがスマホをいじって、うわ、と声を出す。

「今日、最高気温が二十八度だって。夏じゃん」

それを聞いて、長袖をやめて半袖にした。下はジーンズ。今日は一日中、島を動き回るので、身軽な格好を心がける。

「七時五分前だよ。大広間に行かなきゃ」

ちよちゃんに言われて、慌てて大広間がある二階に下りる。私を待っててくれたんですね、すいません。

朝食は和食だった。おひつに入った白米がテーブルごとに置かれ、他は味噌汁、魚の干物にお漬け物。生卵もあった。白米をよそってさっそく卵かけご飯にする。

魚がとにかく美味しかった。旅館のおばちゃんによると、昨日捕ってきて一晩干したものらしい。干物に対してそんなに美味しいというイメージを持っていなかった私は一瞬で虜になってしまった。

前日の夕食に出たお刺身なんて、舌触りからして今まで食べてきたものとはまったく違っていた。私が地元で食べていたのはただの魚の死体だったのだ。イカが舌の上で蕩けたときは、椅子の上で身もだえするほどだった。

「私、絶対干物買って帰る」

村っちが怖いくらいの顔で宣言していた。私も買おうかな。この美味さは故郷に残してきた兄妹にも味わわせてやりたいほどだ。

「なあ、白米もらっていい？」

隣のテーブルの男子が、白米が残ったおひつを覗きながら訊いてくる。同じテーブルの女子が全員頷いたので、男子は嬉々としておひつを持っていった。

私は茶碗一杯で満腹だったが、男子はご飯を何杯もおかわりしていた。特に運動部の面々はがつがつ食べて、旅館のおばちゃんを喜ばせていた。ちょっと離れた席にいる岩迫君も、おかわりのご飯を受け取っていた。

朝食が終わると、八時半に一階のロビーにクラス全員が集合した。これからバスに乗って島内の観光と体験学習が行われる。体験学習はいくつかの候補の中から選ぶことができて、私のクラスは灰ダコ捕りとシーカヤックの二つを修学旅行前のホームルームで決めていた。他のクラスは定置網漁とペーロンをするらしい。ペーロンが何なのか、知らないけど。

まず向かったのは福江島の南に位置する海岸だった。ここで体験学習である灰ダコ捕りというものをする。

海沿いの道路をバスは進む。誰かが窓を開けたのか、気持ちの良い風が車内に吹き込んできた。いつもなら学校の教室で黒板に向かっている時間帯だ。のんびりバスに乗って海に向かっている今の自分が、贅沢をしているような気分になってくる。

バスは海岸の手前にある駐車場に停まった。降りて少し歩くと、ごつごつとした海岸線が見えてくる。

灰ダコ捕りを教えてくれるという夫婦が、私たち二年六組を待っていてくれた。旦那さんは随分と大きくて、奥さんはちょこんと小さい。二人ともニコニコしていた。

そもそも灰ダコ捕りというのは、針も網も使わない、五島列島に伝わる古い漁法である。溶岩が流れ出てできたという黒い海岸には無数の穴が空いており、その穴に向かって灰を吹きつけると、潜んでいたタコが苦しくなって出てくるという寸法だ。煙でいぶして蜂を追い出すようなものか、と想像した。

吹きつけるってどうやってすんだよと思っていたら、短い棒を渡された。中は空洞になっていて、これに灰を詰めて吹き矢みたいに灰を噴出するという。なんと原始的な。

「あと今日、地元のテレビ局が取材しに来るそうだから、お前ら愛想よくしろよー」

先生の一言でクラスは沸き立った。特に女子は手鏡を出して念入りに髪型を気にしている。男子はただ単純に浮かれていた。私は短くなった前髪を隠すべくキャップを深くかぶった。

短い棒と灰を携え、足場の悪い溶岩海岸へといざ繰り出す。始まってすぐにタコを捕まえたらしい、歓声が上がったので見に行ってみると、そこには掌に乗るような小さなタコがいた。

それから次々とタコを見つけるクラスメイトがいる中、私は黙々と灰を穴に向かって吹きつけていた。っち、ここも不発か。

「テレビ局、来たって」

いつの間にか隣に岩迫君が立っていた。白いシャツにハーフパンツ、シンプルなアクセサリー。なんてことはない服装なのに、彼が着るとキマって見える。

「そんなことより、全然タコが見つからない。岩迫君は見つけた？」

「うん、三匹くらい」

「いいなあ」

さっき一匹いたのだが、捕まえようとしたら逃げられてしまった。タコにすら私の運動能力は劣るというのか。

「あっちは？　まだ誰も行ってないと思うからいるんじゃないか」

「わかった、行ってみる」

灰が入ったバケツを持って歩く私の後ろを岩迫君もついてくる。友達、友達。呪文のように唱えて、誰もいない海岸で立ち止まる。

棒の先端に灰を詰め詰め、穴に向かって吹きつける。通常、中にタコがいればすぐに出てくるのだが、その気配はまったくない。

「岩迫君、友達に嘘ついちゃいけないんだよ」

「たった一回で嘘つき呼ばわりはひどくない？」

フッとやってスポーンとやってとったどー！　を期待していたのに。めげずに灰を詰めている横で、岩迫君が適当な穴に灰を吹きいれる。

「あ、いた」

「ずるい！」

岩迫君を押しのけ、近くの穴に灰を吹きまくる。が、いない。一匹もいない。世界はなんて残酷なんだ。

それから一時間、穴という穴に灰を吹き込む作業に没頭した。傍らで次々とタコをゲットしている岩なんとか君がいたが、無視してタコを追い続けた。結果、時間ギリギリでやっと一匹のタコが穴から這い出し、私は念願のとったどーを叫んだのである。

「リホちゃんたち、カメラに撮られてたよ」

「はい？」

海岸から移動して、今は海が見えるバーベキュー場にいる。目の前では五島原産の五島牛が網の上でじゅうじゅうと音を立てて焼かれていた。

「カメラって、さっきの海岸で？」

「うん。あ、その肉、もう焼けてるよ」

ちよちゃんがトングで焼けた肉をくれた。ついでに野菜もいただいておこう。

「今日の夕方、放送されるらしいから楽しみだね」

私はあんまり楽しみじゃない。岩迫君を邪険にあしらっていたところが放送されたら、好感度だだ下がりである。

夕食の時間に放送されないかなあと淡い期待を抱きつつ、五島牛を味わった。

バスは西に向かって走り続ける、ちなみにこのバス、ガイドはいない。運転手のおじさんが名所の近くを通ると、簡単な説明をしてくれる。

「皆さん、左手を見てください」

全員がいっせいに左を見ると、広い原っぱで牛が放牧されていた。女子のカワイーという声が上がる。

「皆さんがさっき食べた五島牛です」

車内は静かになった。

さらに西へ西へと進んだバスは、海水浴場に到着した。最初に着いた福江港からは島の反対側に位置するらしい。

紺碧の海を目の前にして、年頃の男子高校生たちは我慢できなかったらしい。先生の制止も聞かずに海へと飛び込んでいった。そうしたくなるのも分かるくらいの透明度の高さだった。ここが沖縄なら、観光客でいっぱいだったかもしれない。それがここでは二年六組の貸切状態だ。五島でよかったね、とはしゃぐ生徒たちを眺めながら、先生はだから言ったろと言わんばかりの顔だった。

「水着、持ってくるべきだった」

真柴さんが海を睨みつけながら悔しそうに言っていた。気温は三十度近い。十月とは思えない陽気だった。

本日二つ目の体験学習は、シーカヤック、つまりはカヌーである。由緒正しきインドア派の私には、少々ハードルの高いスポーツだ。

最初に挑戦したグループのほとんどがひっくり返って海へと落ちていた。運動部の部員でさえああなのだから、私には絶対ムリだと思う。私なんて砂浜でカニを追っているのがお似合いである。

「次、Cグループ来てくださーい」

「リホリホ、行こ」

同じグループの真柴さんに背中を押され、よろよろと立ち上がる。私が乗り気でないのに気づいたのか、ばしばし叩いてきた。

「なあに辛気臭い顔してんのよ。せっかく海に来たんだから、もっと楽しまなきゃ」

運動部のポジティブさが真夏の太陽並みにまぶしくて辛い。あーカヤックなんてしたら明日は筋肉痛だろうなー寝起きがますます悪くなるなー。

「それ以上辛気臭い顔したら海に投げ入れるわよ」

数分後、真面目な顔をしてカヤックに乗り込む私がいた。思った以上に左右にふらふらしたが、数分たつと揺れなくなってほっと安堵した。なんだ、意外と簡単じゃん。

「ぎゃああああ」

隣では真柴さんが悲鳴を上げながら転覆していた。ずぶ濡れになった彼女は、平然とした顔でカヤックに乗っている私を信じられないという目で見てくる。

「なんでリホリホが乗れて私が乗れないの!?」

「さあ？」

「こんなの間違ってる！　私は陸上部のエースよ!?」

「なんだっけ、春日坂のカンガルーだっけ」

もう一回と叫んで再びカヤックに乗り込もうとした真柴さんだったが、やっぱり転覆していた。ご愁傷様である。

真柴さん以外が乗れたところで、次はパドルを使って漕いでみることになった。おそるおそる海面にパドルを入れる。水の抵抗がすごくて手首を捻りそうになったが、コツが分かってしまえばカヤックはすいすいと進んだ。背後ではまた悲鳴と水しぶきの音が聞こえた。混雑している浅瀬を避けて少し沖に出る。浜辺を見ると、休憩したり水遊びしたりしているA、Bグループがいた。その中に岩迫君を見つけた。

こっちに気がついたように、彼は海に向かって大きく手を振りだした。誰も振り返していないのを確認すると、私は控えめに手を振った。直後に彼は、両隣にいた男子になぜか蹴りを入れられていた。男子ってよく分からん。

不意に、大きな波に煽られカヤックが大きく揺れた。バランスを取ろうとするが間に合わない。悲鳴を上げる間もなく船体は傾き、水しぶきを上げて転覆した。

水中で目を開けると、眼鏡がふよふよと左右に揺れながら徐々に沈んでいく光景が見えた。ちょっと幻想的だった。さすが私の眼鏡、かっけー。

なんて思っていられたのは、両足がすかっと水中を蹴ったときまでだった。マジかよ、足がつかない。焦ったものの、咄嗟に眼鏡を摑んで装着したのが幸いした。視界がクリアになったお陰で少しだけ冷静になれた私は、ようやくついた海底を蹴って、一気に海面から顔を出した。

服、重てー！

海にジーンズという組み合わせは最悪だったことを知った。水を吸って重量が何倍にも膨れ上がっていて、そのうち足も腕も疲れてくる。乗っていたカヤックは遠くのほうでひっくり返ったまま浮いていた。なんとかそこまで行こうと必死に泳いだが思った以上に進まなかった。

「おーい嬢ちゃん、だいじょぶか？」

これぞ天の助け!!

近くに漁船があった。たぶん監視役だろう、漁師のおっちゃんが心配そうな顔で立っている。

「大丈夫じゃないです！　溺れそうです！」

「あ、やっぱり」

暢気だな！

漁船まで泳ぎ、漁師のおっちゃんに腕を摑まれ、私は打ち上げられたマグロのごとくずるりと甲板に引っ張り上げられた。ぜえぜえ息を切らしながら、助けてくれたおっちゃんを見上げる。額にタオルを巻いて真っ黒に日焼けしたおっちゃんに、胸のドキドキが止まらなかった。

……もしや、これが恋？

吊橋効果であやうく初恋のひとが漁師のおっちゃんになるところだった私は、今はバスの中でうつらうつらしながら夢の中へと旅立とうとしていた。

「リホちゃん、あとで岩迫君にお礼言っておかなきゃ駄目だよ」

隣の座席に座るちよちゃんに半分閉じた目を向ける。彼女は声を潜めてもう一度言った。

「お礼を言うの。岩迫君に」

なんでだ、と疑問に思ったが眠気に邪魔されてそれ以上は考えられなかった。

次に目が覚めたとき、バスはすでに停車していた。隣にいたちよちゃんの姿がない。慌てて立ち上がり、最後にバスを降りた。

外に出ると、雲が多く出てきたせいか、日差しが柔らかくなっていた。欠伸をしながら列の最後尾を歩く。数分歩いた先にあったのは教会だった。

五島列島というのは、多くの隠れキリシタンがいたことでも有名である。福江島だけでも十以上の教会があり、私たちが訪れている井持浦教会には日本初のルルド、つまりは奇跡の水が湧き出たというフランスのルルドの泉を模したものがあるという……と、修学旅行前の日本史の授業で先生が教えてくれた。

茶色い教会の隣にはたしかにそのルルドがあった。けれど泉は乾いていて、水は一滴もない。代わりに隣に蛇口がついてた。

「先生、これ飲んでいい？」

ひとりの男子が蛇口を捻ろうとしたが、

「やめとけ。信仰心のないやつが飲んだらバチが当たるぞ」

「俺、クリスマス生まれだぜ」

「そういう問題じゃない」

信仰心の欠片もないどころか、ルルドの泉と聞いて回復の泉的なものを思い浮かべていた私にこそバチが当たるだろう。そっと泉の傍を離れて教会の入り口に回った。

レンガ造りの外壁を辿って歩いていくと、入り口から中を覗いている岩迫君を見つけた。

そうだ、お礼を言わなくちゃ。

ひとりなのも好都合。声を掛けようとして、けれど寸前で動きを止める。そういやなんでお礼を言わなきゃならないんだっけ。

寝ぼけていたせいか、ちよちゃんに言われた言葉すらあやふやになってくる。お礼を言うんだっけ、謝るんだっけ。

結局思い出せなくて、話しかけることなく次の観光地に行く時間になってしまった。バスの中でちよちゃんに「ちゃんとお礼言えた？」と訊かれて首を横に振ると、ものすごく白けた表情をされてしまった。ごめんなさい、でもなんでお礼を言わないといけないのか分からない。

「それくらい自分で考えてよ」

尖った声で言い放つと、ちよちゃんは目を瞑って窓側を向いて寝てしまった。本当は寝ていないんだろうけど、再び声を掛ける勇気は出なかった。

本日最後の目的地として訪れたのは、五島列島の最果て、断崖絶壁の上にちょこんと生えた大瀬崎灯台である。

展望台の駐車場から、灯台までは１・５キロ。疲労もピークに達した生徒にトドメを刺す、往復四十分の道のりだ。

「これは死人が出る」

歩き出して五分、確信した。アップダウンは激しいし、すぐ横は崖だし！

そもそも灯台に行ってなにすんの？　夕日を眺めるの？　旅先の夕日はまた格別だね、って勝手に言ってろ。

さっきまで私の前を歩いていたクラスメイトがもう見えない。皆、元気だな。私が遅すぎるせいもあるんだけどさ。

目的地が灯台じゃなくてイベント会場だったら、ちょちょいのちょいだよ。鬼気迫る早足の群衆に負けないくらい足を回転させてるよ。お見せできないのが残念だ。

ちよちゃんと村っちには遅い私に付き合ってもらうのも悪いので先に行ってもらった。というのは建前で、実際には機嫌の悪いちよちゃんを村っちに連れていってもらったというのが正しい。

理由は不明だが、どうやら私はちよちゃんを怒らせてしまったらしい。「あんた何かしたの？」という村っちのアイコンタクトに、私は首を横に振っていいのか頷いていいのか迷って、結果、首が8の字を描くという謎の動きをした。

岩迫君へのお礼がまだだから怒っているんじゃないと思う。もっと別の原因がある気がするのだが、まったく心当たりがない私はただ不安になるしかない。

何か彼女を傷つけるようなことを言ってしまっただろうか。バスの中じゃほとんど寝ていたからないとは思うんだけど……まさか寄りかかって眠ってるときに、ちよちゃんの服にヨダレをたらしたとか⁉　おい、これが一番確率が高いぞ。

「吉村、そっちは崖！」

視界が翳る。目の前に、ずっと先を歩いているはずの岩迫君が立っていた。なんで君がここにいるのかね。

「何か落としたの？」

岩迫君の体がガクッと傾いた。

「なんでそういう考えになるかな」

「違うの？」

「吉村がいないから、待ってたんだけど」

……あー……はい、はいはいはいはい、オッスオッス。

「友達だもんね！」

念を押すように確認すると苦笑された。なんか文句あんのかよ。

二人並んで、さっきよりも速度を上げて歩き出す。別に二人きりが嫌なんじゃなくて、皆から遅れすぎて目立つのが嫌なだけだから。マラソン大会で最後の走者に贈られる拍手、あれ本人にとっちゃえらい恥ずかしいんだぞ、と経験者は語る。

「そういえば、今日のテレビに岩迫君が出るかもしれないよ」

「テレビって、灰ダコ捕りのときに来てたやつ？」

「うん。岩迫君のことカメラが撮ってたんだって」

「ふーん」

反応薄いな。これがイケメン、他人に見られることに慣れた人間の余裕なのか。

「旅館のお風呂、広かったよね。あとシャンプーの種類がめっちゃあった」

「ほんとに？　男風呂は椿シャンプーとワカメシャンプーってやつしか置いてなかったけど」

「ワカメシャンプー！　それ女風呂にもあったよ。使ってみたんだけど、今日の朝、すごい髪の調子がよかったんだ」

「吉村も？　俺もいつもより髪がサラサラしてる気がした！」

ちなみにワカメシャンプーの中身は緑色のヘドロみたいなやつだった。女子の誰もが忌避する中、好奇心に負けた私だけが使用した。

どこのメーカーかな、今日見てみる、そんな会話をしながら歩いていると、木々の隙間から灯台が見えた。見えたんだが、一向に近づいてくる感覚がしなかった。

早く着いてほしい。平然と会話をしているように見えるけど、今といい灰ダコ捕りのときといい、内心では緊張しまくりだ。

ワカメシャンプーの次のネタが浮かばず、黙り込む。すると向こうも話題が尽きたのか静かになった。気まずい。

考えろリホコ。緊張しているだけで、実は話のネタなんていくらでもあるはずだ。身近なところから攻めろ。例えば遠くに見える灯台。あそこは映画の撮影場所になったそうだぞ。その映画観ただろ。途中で大人のシーンになって、一緒に観てた兄妹の間に気まずい空気が流れたよな。それを岩迫君に言ったら余計に気まずくなるから絶対に言うなよ。

駄目だ、何も思い浮かばない。

アニメの話題なら無限に湧き出てくるのに。冬アニメは何を観る？　から始まって、あの原作改変はクソとか、最近テレビでよく見る自称オタクの芸能人は絶対ニワカだとか、◯◯は俺の嫁とか……これも碌な話題ではないな！

内心の修羅場を押し隠しながら、隣を歩く岩迫君を盗み見る。彼は沈黙がそれほど苦ではないのか、平然としていた。ときどき顔にかいた汗を黒いTシャツの袖で拭っていた。

私も同じように袖でこめかみを拭い、はたと気がついた。

「岩迫君も海に落ちたんだ」

「え」

「服、さっきと違うじゃん」

自分の服を見下ろし、彼はなぜだかバツの悪そうな表情を浮かべた。運動神経がいいのにカヤックから落ちたのが恥ずかしかったのかもしれない。私はフォローするべく、自分も同じ運命を辿ったことを告白した。

「私も落ちてさ、思いっきり水飲んじゃった」

「……うん、見てたよ」

「あ、見てたの？　これはお恥ずかしい。でさ、助けてくれた漁師のおっちゃんがめっちゃ格好良くてさ、あやうく好きになりかけたよ」

「へぇえ」

「あ」

……このネタ駄目でした。

せっかく見つけた話題のオチが触れてはいけない箇所をゴリッと削ってったぞ。己の失態を悟り、岩迫君の顔が見られない。

「じゃあ俺が助けてたら、好きになってくれてた？」

不貞腐れたような彼の声を聞いて、羞恥心が一気に膨れ上がる。自分から振った話題とはいえ、この問いかけはフェリーで交わした友達でいるという条約に違反している気がした。彼もそのことに気づいたらしい。

「……吉村、ごめん。今の忘れて」

考えてみれば、この条約は岩迫君にとって不利な条件ばかりがそろっている。私としては願ったり叶ったりな状況だけど、彼にしてみれば我慢させられているわけで。相手はこの私だというのに、申し訳ないというか、不平等条約というか。だからといって、こっちから条約を解消するなんて言えないいんだけどさ。

口の中に、あのとき飲んだ海水の味がよみがえる。こんな私でも岩迫君なら海に飛び込んで助けてくれると分かっているのが、自分でもたちが悪いと思った。

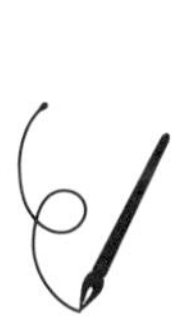

できれば誰にも気づかれずに灯台にたどり着きたかったのに、最後の上り道に差し掛かったところでクラスメイトに見つかってしまった。

「先生、吉村さんと岩迫君が来ました！」

大声を出すな、大声を。ほら何人か集まってきたし、ニヤついてるし。ヒューヒューとかやかましいわ、崖から突き落とすぞ。

岩迫君と顔を見合わせ、お互いに苦笑する。友達なんだから何もやましいことはない。堂々とした態度で二人並んで歩きながら、皆のいるところへ行った。

「やっと来たか。集合写真撮るから、全員並べ」

灯台をバックにして、カメラに収まるように生徒がすし詰めになる。私の隣には岩迫君が立った。ていうかこれ、灯台入んの？

三脚にカメラをセットした先生が大急ぎで走り寄ってくる。途中で靴が脱げた。全員が笑い出す中、カメラがピカピカと点滅した。なんとかギリギリで真ん中に先生が収まった瞬間、フラッシュがたかれた。

「ヨッシー、一緒に写真撮ろう」

集合写真を撮ったあとは解散になった。村っちがカメラ片手に声をかけてくる。その後ろには、そっぽを向いたちよちゃんもいた。村っち、気を遣っていただいてすまん。

「まずはちいとヨッシーの二人で撮ってあげるね」

もうすぐ水平線に夕日が沈む。私とちよちゃんは並んで柵の前に立った。

「表情硬いよー。ちい、ちゃんと前向いてー」

村っちに言われても、ちよちゃんは微動だにしない。その視線の先には大海原しか映っていないだろう。

「ねえ、ちよちゃん、なんで怒ってんの？」

これ以上機嫌を損ねないように、怒らせないように、最大限下手に出たつもりだった。けれど返事はない。困り果てて村っちに助けを求めた私は、息を呑んで硬直した。

「あんたたち、いい加減にしなよ」

おどろおどろしい村っちの声がしたと思った瞬間、カメラから閃光が連続して放たれた。それをもろに目撃した私は「目がァアア!!　目がァアア!!」とパニックに陥った。

　ようやく通常の視界を取り戻したころ、村っちの姿は消えていた。慌てて周囲を見渡してみると、階段を下り、どんどんと灯台から離れていく彼女の後ろ姿を発見した。え、え、放置？　私とちよちゃんを残して？

「私も帰る」

「ち、ちよちゃ」

「付いてこないで」

　えええ。なんだよ、私、なんかした？

　ここにきて友情崩壊とか、そんなのってある？

　旅館に戻ったのは五時過ぎ。

　二年六組の生徒は大急ぎでお風呂に入り、部屋に備え付けられていたテレビの前に集合した。

　軽快なポップソングがかかり、男女ふたりのニュースキャスターが六時の番組名を告げた。

「うわあ始まった、始まった！」

　同室の女子が興奮したように叫ぶ。村っちは眠そうな顔でテレビ画面を見つめていた。ちよちゃんの姿はお風呂以降、見ていない。

番組は全国ニュースから始まり、政治問題へと移った。地元のニュースは一向に流れない。残り三十分、二十分、十分と減っていくたび、私たちの顔に諦めの色が濃くなっていく。ついにはエンディングソングらしきものがかかりだし、ああ、という全員の呻き声が重なった。

『では最後にこちらの映像で番組を終了させていただきます』

すでにテロップが流れる画面に、晴天の海岸が映し出される。画面の右上には『修学旅行生たちが島の伝統漁法を体験』という字幕があった。

筒を持った生徒が灰を噴き出す瞬間が連続して映り、部屋にいたひとりが「今のあたし！」と体を前のめりにする。タコを捕ったクラスの男子が嬉しそうにコメントする姿や、灰を誤って吸い込んで咳き込む女子、不意に担任の茂木先生のドヤ顔がどアップで映り、皆で一斉に笑った。

次に映ったのは、岩迫君の横顔だった。青い海をバックに、白のシャツがよく映える。額に浮かんだ汗がキラキラと光っていて、まるでドラマのワンシーンのようだった。

画面が切り替わる。今度は眼鏡をかけた女子に話しかけ、笑ったり、困ったりしている。その女子がやっと捕まえた小さなタコを見て、自分のことのように喜んでいた。

二人の姿を映したままカメラは引いていき、番組は静かに終了した。

直後、部屋にいる全員の視線が私に集中した。

「な、なんスか」

別にぃ、と返されたが、別にじゃないこの空気。居心地が悪くなったので、私は自分の鞄がある場所に行き、荷物の整理を始めた。後ろでは村っちがお父さんみたいに横になって、肘をついた格好で寝ていた。

「ちよちゃん、どこ行ったのかな」

「知らん」

「……ごめんね、村っち。怒ってる?」

「怒ってない。呆れてるだけ」

村っちは部屋の隅に置いてあった座布団を引き寄せ、それに突っ伏した。話しかけるなというサインだ。

私は肩を落とし、会話を断念して荷物の整理を再開した。不意に後ろから声がした。

「岩迫君、飛び込んでたよ」

手を止め、背後を振り返る。村っちは座布団に顔をすっぽりと埋めたまま、くぐもった声でなおも言った。

「私は偶然見てただけだけど、ちいはずっと見てたみたい」

「あの、村っち、意味が分かんないんだけど」

「ヒント終わり。ごはんの時間になったら起こして」

直後に寝息が聞こえた。フリじゃなくて、完全に寝ている。仕方なく服をたたむ作業に戻ることにした。

すでに着た服は持ってきていたショッピングバッグに入れて、明日着る服を出しておく。上下の組み合わせは、妹のアドバイス通りにした。いまだに私にはファッションのなんたるかが分かっていないので、この辺は妹に丸投げである。

海に落ちたときに着ていた服は、あとで洗っておこうと鞄の外に出しておいた。そういえば、ちよちゃんと村っちも海に落ちていたっけ。びしょ濡れになった三人で、カヤック体験のあとに水の掛け合いをしたのを思い出す。あのとき、ちよちゃんはすでに私に対して怒りを抱いていたんだろうか。

記憶の中にいるちよちゃんは、楽しそうないつものちよちゃんだった。でも私がそう思いたいから、そう見えていただけなのかもしれない。

ひとがひとに怒るというのは、どういうときなんだろう。自分に置き換えて考えてみると、私ってけっこうくだらないことで怒っているので、あまり参考にはならなかった。

夕食まで、まだ少し時間があった。濡れて砂まみれになった服を、その間に洗うことにした。喧嘩なんかしてなかったら、三人で洗いに行ったんだろうけど。そう思うとモヤモヤが大きくなって、ちょっと泣きたくなった。

水を吸って重くなった服を持ち上げるのと、村っちが寝返りを打つのはほぼ同時だった。お腹をボリボリ掻いてる友人に苦笑いして、めくれたTシャツを直してあげる。

ヒントって何だったの、村っち。

私は馬鹿ではないけど、ときどきバカだから、あんなヒントじゃ分かんないんだよ。ちよちゃんがずっと見てたって、何を見てたの。

誰を見てたの。

「吉村さん、どうしたの？」

急に立ち上がった私を、同室の女子が不思議そうに見上げていた。着替えが入った袋を握ったまま、呆然と立ち尽くす。ドクドクと鳴る心臓が胸を圧迫して、苦しい。私は何も告げずに部屋を飛び出していた。

村っち、私、分かった気がする。

だから捜さなきゃ。ちよちゃんを捜して話をしなきゃ。

何も考えずに廊下に出て、左右を見渡す。どこにいるの。どこに行ったの。

誰もいない薄暗い廊下で、私は再び立ち尽くしてしまった。

3 走れリホコ

修学旅行三日目の朝は、スマホのアラームが鳴るより早く目が覚めた。

できるだけ音を立てないように起き上がる。部屋の両端にはちよちゃんと村っちがそれぞれ壁に向かって眠っていた。

結局、昨日はちよちゃんと話をすることができなかった。

夕食の席では食べ終わるとすぐに出ていったし、消灯ぎりぎりに戻ってきたかと思うとこちらに話しかける隙すら与えずに布団へ入ってしまったのだ。村っちは相変わらず我関せずを貫いている。同室の子たちは、そんなギスギスした空気を敏感に察知して、それでも何もないみたいに振る舞ってくれていた。

廊下に出ると、まだ誰もいなかった。顔を洗って歯磨きして、髪を整える。鏡を前にしていつもより目つきが悪く見えるのは、あまり眠れなかったせいかもしれない。

朝食の時間より三十分早く広間に下りると、担任の茂木先生だけがいた。

「早いな、吉村」

「おはようございます」

　地元の新聞を読んでいた先生の隣になんとなく座る。会話といえば、「刺身が出るのに日本酒が飲めないのが辛い」とか「中間考査の問題まだ全然考えてない」とか「もっと休みほしい」とか、要は先生の愚痴ばかりを聞かされた。

「どうだ五島列島、楽しいか？」

「楽しいです」

　旅行自体にはまったく問題はない。海は綺麗だし、ひとが多くなくてゆったりしているし、ご飯は美味しいし。三泊四日といわず、一週間いてもいいくらいに素敵な場所だと思う。

　ちよちゃんとの仲がこじれてなかったら、もっと良かったけど。

「そっかそっか、お前ら最初は不満タラタラだったからなあ」

「皆、明日は帰りたくないって言ってます」

「はっはっは。単純でよろしい」

　テーブルの上に置かれていたお茶を、飲むかと訊かれ、頷いた。五島産のお茶らしい。

「そういえば先生って独身でしたよね」

「……え、なに、俺、なんかした？」

「なんで怯えた顔してるんですか。ただの確認ですよ」

「だって親戚のばあさんと同じ目をしてたから」

若干震えた手でお茶を渡され、受け取った。入れたてなのか、少し熱かった。

「先生、なんで結婚しないんですか」

「やっぱり親戚と同じ目をしている！」

「被害妄想が激しいですよ。純粋な疑問です。答えてください」

茂木先生の正確な年齢は知らないが、本人曰く、アラフォーらしい。

「誰かを好きになったことがないからですか」

「いや、それはないけど」

「ないんだ……」

だよなあ、普通はそうだよなあ。

人生で一度も他人を好きにならずに死んだ偉人っていないもんだろうか。もしいたら、尊敬する人物にしたい。

「このひとだって思えるひとがいなかったからかなあ」

「でも付き合ってた女性はいたんですよね」

「いたけども……なあ吉村、朝っぱらからこういう話はやめよう」

「夜は夜でやめようって言うんでしょう。だったら今、話してください」

先生は時計を見て、早く朝食の時間にならないかなあ、という顔をした。安心してください、まだ二十五分あります。

観念したのか、先生はぽつぽつと語り始めた。

「結局俺って、『いいひとだけど……』止まりなんだよなあ」

「すいません、思った以上に重い話っぽいんで、もうちょっと明るく話してもらえますか」

本気のトーンでこられてドン引きである。ごめんね先生、安易に触れたらいけない場所でしたね。

「付き合っても向こうからフラれるしな。別のひとを好きになったとか、なんか違うとか、そういうのばっかだよ」

「恋愛ってときにひとを身勝手にしますね」

「そうなんだよ！　次に付き合ったのが俺のダチとかさあ！　結婚式に招待状送るか普通⁉」

お茶をグイーッと飲んでダンッとテーブルに叩きつける。誰かお酒持ってきて！

「それでも、しばらくは好きだったなあ」

「なんと。先生はMでしたか」

「違う。怪我と一緒だよ」

「怪我？」

「そ。怪我したら、すぐに治らないだろ？　恋愛も一緒だよ。好きになったら、すぐには想いは消えないんだよ」

先生の俺いいこと言った感がすさまじかったが、同時に納得もした。

誰かの好きは、ひとを傷つける。

「歳をとると、怪我の治りも遅いだろ？　だから余計に恋愛が怖くなるのかもな」

「だから結婚できない？」

「傷つきたくないもん」

口を尖らせて言うアラフォー。なんだろう、未来の自分を見ているかのようだ。

ちらりと時計と出入り口を確認する。よし、まだ誰も来ないな。

「……実は、男の子に好きって言われたんですけど」

先生の面食らった表情を見て、慌てて訂正した。

「あ、これ私の話じゃないですからね。友達の友達の話です、はい」

バレバレなのは承知だが、様式美というやつだ。

「でもその子は、男の子のこと、友達としては好きなんですけど、付き合うとか、そういうのは考えてなくてですね、」

先生のほうを見られなくて、半分減ったお茶を見つめながらたどたどしく話す。大人に恋愛相談じみたことをするのは初めてで、青臭いこと言ってんなあと思われるかもしれないと、少しだけ怖い気持ちがあった。

「断ったんですけど、諦めないって言われて、だからしばらく避けてたのに、向こうは全然怒ってなくて、困った顔ばっかりしてて、なんか、なんで私が罪悪感持たなきゃならんのだってイライラしたりして、周りもくっつけようとしてくるのがムカつくし、ほっとけよって思ったり、」

沈黙（ちんもく）があった。ややあって、先生は言った。

「一番大切なのは吉村の気持ちだろ？　お前はなにも間違ってないと思うけどなあ」

「先生、私の話じゃないです」

「あ、そっか」

あれ、私も私がって言ってたっけ。まあいいか。

「相手に向き合わなきゃ、いけないですかね」

「うーん、俺はそうは思わんな。吉、女の子のほうは友達でいたいっていう気持ちを守りたいわけだろう？　向き合うってことは、閉じてた扉（とびら）を開けるってことだ、そこから一気に攻（せ）め込まれるぞ」

「そ、それは困る」

「侵略（しんりゃく）されてもいいなら向き合ってもいいけど、そうじゃないなら、相手を傷つけようが、周りからも責められようが、ちゃんとお断りするべきだと先生は思うな」

「けっこう完膚（かんぷ）なきまでにお断りしたつもりなんですけど」

恋愛が何か分からない、ひとを好きになったことがないって、相手にとっちゃ攻め込む以前の問題ではないだろうか。岩迫君はそんなところに足を踏（ふ）み込んで、一体どうするつもりなんだ。こういうの、不毛っていうんじゃないだろうか。

「誰だって自分の気持ちが一番大事なんだよ。だからぶつかり合うんだろ？　先に倒れたほうが負けだ」

「そもそもリングに上がりたくないという場合は」

「だから、逃げたっていいんだよ。まあ、向こうが追いかけてくるだろうけど」

持久走かよ。私、運動苦手なんだけど。

「逃げ続けてりゃ、そのうち相手が諦める。でも、本当にそれでいいのかどうかは、本人次第だな」

「……私は、男の子のことが本当に好きな女の子と結ばれるのが一番いいと思います」

「なんだ、三角関係か？　最近の高校生はけっこう泥沼ってんな」

矢印がてんでバラバラなほうを向いていて三角ができてないけどな、私に至っては矢印すら伸ばしてないけどな。

なんで、皆が当たり前にできていることを、私はできないのだろうか。

それが最近、ひどく不安で、ひどく嫌だ。前はそんなことなかった。キタちゃんがいて、漫研があって、兄妹もいて、毎日が普通で私を安心させていた。

「先生」

「なんだ」

「誰かを好きにならなきゃ、駄目ですか」

　恋愛できなきゃ、寂しい人間なのか。将来ひとりになるとかいうけど、私は別にそれでもいい。いいのに、なんでこんなに、たまらなくなるんだろう。

「駄目じゃない」

　私のやりきれない想いを打ち破るように先生が言った。言い切った。

「……ほんとに？」

「本当だ。無理して誰かを好きになって、なったフリをして苦しむくらいなら、誰も好きになるな」

　厳しい表情から一転、先生はおちゃらけたように笑った。私を安心させるみたいに。

「先生って」

「うん」

「先生だったんですね」

　それどういう意味だと訊かれたけど、もちろん良い意味ですよ、先生。

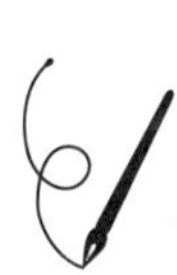

　朝食もそこそこに旅館をチェックアウトした後は、バスに乗り込んで次の宿泊所に向かった。

最後の一泊はコテージらしいと、クラスの女子が盛り上がっていた。

バスの中では、隣に村っちが座った。でも着席して早々、話しかけるなと言わんばかりに窓の外を黙って眺めている。たぶん村っちは私に対して怒ってはいない。でも私と話していたらちよちゃんが傷つくから、だからどっちとも話さないだけな気がする。

ちよちゃんは後ろの席で、クラスの女子と普通に喋っていた。見せ付けるつもりはたぶんないんだろうけど、どうしても嫌な気持ちになる。私とも喋ってよ、と振り返って迫れば、そうしてくれるだろうか。

バスは宿泊施設の入り口付近に停まった。他のクラスを乗せていたバスがすでにずらりと並んでいる。二年六組が最後だったようだ。

外に降り立った生徒たちは、ゲート前で啞然とした。

「日本に跡部王国以外の王国があったとは……」

呆然として呟いた台詞を、近くにいた甲斐君が拾った。

「他にもあるだろ。ムツゴロウ王国とか」

「ムツゴロウ王国は滅亡したじゃん」

「閉園な。あと跡部王国は実在しないから」

甲斐君は今、全国の跡部様ファンを敵に回した。

それはともかく、修学旅行最終日の宿泊所は、名称に王国を冠するリゾート施設だった。ホテルのような巨大な建物は見当たらない。広い敷地内にはコテージの他に、温泉もある。名前も変だが、オブジェも変だ。入り口には大きな口を開けた石像が一対並んでいるし、フロントは『入国管理局』と銘打ってある。一言で言うと、怪しい。

でも私、こういう感じ、嫌いじゃない。ツッコミ所が満載すぎてさっきから体がウズウズしちゃってる。

「甲斐君もこういうの好きでしょ」

「も、ってなんだよ。俺は別に」

ふい、と顔を背けた彼は固まり、そしてツッコんだ。

「なんでマーライオンがいるんだよ！」

「よ！　今日もツッコミが冴えてるね！」

「黙れ吉村。っあ、なんだよあの像、意味が分からん」

敷地内に堂々と鎮座しているオブジェにツッコミを入れたそうな甲斐君に、私も満足した。他の生徒たちもあちこち指差して盛り上がっている。

コテージごとに分かれて荷物を置くと、希望した体験学習ごとに集合した。ここで私はちょちゃんと村っちと離れることになった。関係を修復したいのに、時間がとれない。このまま仲直りできずに修学旅行が終わってしまったら、私たちはもう元に戻れない気がした。

「吉村、向こうのバスだって」

離れた場所にいるちよちゃんを見つめていると、岩迫君に肩をつかまれた。彼も同じ体験学習だったことを思い出す。

「うん、行こっか」

二人そろってバスに乗ると、中には同じ体験学習を受けるキタちゃんがすでに座っていた。二日ぶりに会う親友に嬉しくなった私は、取られてはなるまいと彼女の隣の席に突っ込んだ。座ってすぐにぺらぺら喋り出す私にキタちゃんは呆れていたが、友情に飢えていたのだ、許してほしい。

三日目の体験学習は、クラスの枠を越えて希望したコースに参加することになっている。ちなみに用意された体験学習は、イカの一夜干し作りに、地引き網、磯釣りの三コース。漁師育成でも目指してんのかと言いたくなるラインナップだった。

その中から磯釣りを選んだのは、単なる消去法だ。イカはそんなに好きじゃなかったし、地引き網は疲れそう。磯釣りなら小さい頃に何度かやったことがあるから、鈍臭い私でもやれると思った。でも五島でイカの美味しさを知った今では、一夜干し作りにすればよかったと後悔している。

海辺で停まったバスから降りて、漁場に案内された私たちは、打ちつける波の音を背景に、しばし固まった。

「ここ、崖じゃね？」

誰かが呟いた。気持ちはよく分かる。磯っていうのはもっと海面に近いものだった気がする。なんか海、えらい下のほうになくね？

「崖だよね。明らかに火サスの帝王が最後に犯人を追い詰めてる場所だよね」

「いやいや、磯だよ。都会の子は大げさだな～」

指導役の漁師のおっちゃんはがははと笑って冗談だと受け取っていた。

いやいや、崖だよ！　これ明らかに落ちたら死ぬやつじゃん！

釣り竿を渡された私たちは怖々と崖ならぬ磯を歩いていった。めっちゃ波荒れてる。後から聞いたが、この日は波浪注意報が出ていたらしい。

使い慣れない釣り竿に生徒たちがあたふたしているのを尻目に、真っ先に竿を振りかぶったのはキタちゃんだった。その見事なフォームに漁師のおっちゃんが感心したような声を上げる。

私は教えられたとおり、小さな冷凍エビをカゴの中に詰め、恐る恐る竿を振った。リールを外すタイミングが悪かったせいで、へろへろへろと飛んだ仕掛けはあまり遠くにはいかず、波打ち際にぽちゃりと落ちた。

隣ではさっそくキタちゃんの釣り竿に当たりがきたらしく、真剣な顔でリールを巻いている。

「ほらほら、よそ見してないで。そっち引いてるよ」

おっちゃんに言われて慌ててリールを巻いてみたが、見事にエサだけがなくなっていた。残念。キタちゃんは初回にして中々大きな魚を釣り上げていた。

そもそも、波が高すぎてウキが引いているのか引いてないのか分からなかった。しかしキタちゃんは野性の勘とも言うべき天性の洞察力で、その後も続々と獲物の魚をクーラーボックスに積み上げていった。

さて、磯釣りに悪戦苦闘する生徒の中、私はひとり別の目的を持って行動を起こしていた。

――見つけた。足音を立てずに忍び寄る。

「岩迫君」

ぬっと背後から顔を突き出すと、彼は大げさなくらいに全身を震わせた。そして私の姿を認めた瞬間、なぜか後ずさった。おい、その先は海だぞ。

「驚きすぎ」

「だ、だって、吉村のほうから声掛けてくるなんて思ってなかったからっ」

「頑張ってみた」

了解を得ずに隣に並ぶと、釣り竿を振った。最初に比べて遠くへと飛んだ仕掛けは、飛沫を上げて海に沈んだ。

「どう？　釣れてる？」

「あんまり」

「波が高いから、今日はそんなに釣れないかもって言ってたしね」

大物を釣り上げ続けるキタちゃんの隣で、私は小魚二匹を釣り上げた。仕掛けを外すときに出血した魚が思った以上にグロくて、正直、釣りはもういい。一応仕掛けを投げたのは、何もせずに岩迫君の隣に立つのが嫌だったから、ただのポーズに過ぎない。

「風、気持ちいいね」

「うん」

岩迫君の返答がぎこちない。不意打ちが効いたのか、いまだ冷静になれていないようだ。動揺している彼を見て、ちょっと胸のすく思いがしたのは内緒だ。

「あのね、間違ってるかもしれないんだけどさ」

「うん」

「昨日、私を助けるために海に飛び込んでくれた？」

彼が顔を上げ、こちらを振り返る。驚いた表情を見て、私はようやく確信を得ることができた。同時に自分の鈍さを呪った。

「なんで言ってくれなかったの」

隠す必要なんてなかった。こういう表現はどうかと思うけれど、私に対して好印象を抱かせるにはこれ以上ないという機会だったのに。

「……だって、自分から言うなんて、格好悪いじゃん」

なるほど、岩迫君らしい。

そんな彼だから、ちよちゃんは。

「そっか。ありがとう」

「いいよ、お礼なんて。結局、助けてないしさ」

照れ隠しなのか、彼はしきりに釣り竿を引っ張っていた。私もそれに倣って引っ張る。手ごたえがまるでなかったのでリールを巻き上げてみると、案の定、エサは綺麗さっぱり消え去っていた。

「じゃ、私行くね」

「ええっ、もう？　吉村、もっといてよ」

「……今のはギリギリアウトでは？」

友達に対して言う台詞ではないねえ、と私の中の審判団が全会一致で判定を出しております。

「セーフだよ！　ほら、仕掛け垂らして、大物狙おう！」

私の仕掛けにせっせとエサを詰めて勝手に海へと放たれてしまった。助けようと海に飛び込んでくれた男の子を前にして、知るか、と言い捨てて去るのはさすがにゲスい。仕方ない、友達だし、釣りくらい付き合ってやるか。

「修学旅行が終わったら中間考査だねえ」

「嫌な話題だなあ。あ、でも一緒に勉強ができるからいっか」

「君はいつから次のテストも一緒に勉強できると錯覚していた？」

「え、だめ？　だめなの？」

「どこの世界に告白を断った男の子と一緒に勉強する女がいるんスかねー」

私、けっこう開き直ってきてるな。なんか変に構えたらいけないって分かってきた気がする。

思えば文化祭が終わってから、悩んだり悶えたり二次元に逃げたりの生活だった。学校に行くのが憂鬱ですらあった。岩迫君の姿を見るのが嫌だったんじゃない。あの日のことを思い出して、自分の面倒くさ加減を思い出すのが苦痛だったのだ。

見下ろすと、ウキはぷかぷかと海面を浮き沈みしていた。不安定なところが、まるで私みたいだった。


宿泊所に戻ったのは、午後三時過ぎ。キャンプファイヤーが始まる七時までに一度お風呂に入って、体に染み付いたエビのニオイをとった。リゾート施設なだけあって、広めの温泉があった。

他の体験学習を終えた子たちが続々とコテージに戻ってくる。その中にちよちゃんと村っちもいた。先にお風呂に入り終えてくつろいでいた私は、二人におかえりと声を掛けた。村っちは普通にただいまと言って通り過ぎていく。ちよちゃんは少し怯んでいたけれど、結局何も返してくれなかった。

「吉村さん、大丈夫?」

同室の子が心配そうな顔で声を掛けてきた。

「大丈夫。ごめんね、気を遣わせちゃって。今日中には仲直りするからさ」

言った。言ったぞ。これでもう後には引けない。

タイムリミットはキャンプファイヤーが終わる夜中の九時。それまでに、ちよちゃんと。

「あれ?」

……そういや私、ちよちゃんに何て言えばいいんだろう?

燃え盛る炎を中心にして、春日坂高校二年の修学旅行生たちが輪となって歌を唄っている。修学旅行、最後の夜。一番の盛り上がりを見せている瞬間だ。ちなみに私は口パクである。唄ったが最後、心のほうの声が出てきそうだったからだ。

マジで何も考えてなかった! 私、ちよちゃんに何て言ったらいいんだ?

——岩迫君にちゃんとお礼言ったよ。これでもう仲直りできるね！

言った瞬間、本当に友情が終わってしまうからこれはナシだ。そもそもちよちゃんが怒っているのは、そこじゃない。なんていうか、そう、私の存在自体が彼女の怒りを買っているのだ。

——生きてすいません。これから海の藻屑となってきます。

もしかしたらこれがベストか？　いやいや、是非そうしてって言われたら、今度は私の命が終わってしまうからこれもナシだ。

ちよちゃんの様子をそっと窺う。彼女は輪の中心にある炎をぼんやりと見つめていた。あんまり楽しくなさそうに見える理由は私と同じで、仲違いした今の状況を悩んでいるのだと思いたい。

早く声を掛けなきゃ。でもなんて？

私は、自分が悪いことをしたとは思っていない。岩迫君が助けようとしてくれていたなんて、知りようがなかったんだから。

それでも罪悪感を抱いてしまうのは、私が知らない間にちよちゃんを悲しませたことに対してだろう。私が恋愛の意味を理解せずに逃げていたから、真っ当に恋をしている彼女を傷つけてしまった。

けれど、それに対して謝るということは、何かが間違っている気がした。

「じゃあ今からフォークダンスをしまーす」

ひとが真剣に悩んでいるというのに、何を言ってんだ？

凝視した先では、修学旅行委員会の女子が「サプライズイベントでーす」と明るい声で宣言していた。

「女子は内側、男子は外側で輪になってねー」

いや待って、ちょっと待って。

フォークダンスってマジか。私たち、もう高校生だよ？　デリケートな時期だよ？

男女手に手を取ってダンスなんて、誰が喜ぶんだよ。楽しいのはリア充だけじゃん。学年の
半分以上が拒否感を露にしてるよ、気づけって！

「もう皆、恥ずかしがってないで早くしてよ！」

怒りたいのはこっちだよ！　先生たちのニヤニヤ顔がこれまた腹が立つし、ほんとやだ。

「甲斐えも〜ん」

「寄るな、リホ太」

最初は練習するからねー、と修学旅行委員会の女子が言うので、私は真っ先に甲斐君を見つ
けて駆け寄った。安心、安全、信頼の男友達、それが彼である。

「岩迫んとこ行けよ」

「そんなこと言っていいの？　甲斐君、私以外の女に触れられるのかしら？」

「変な言い方すんな。俺にだって女友達の一人や二人くらい」

「いないじゃん。無理すんなって」

私にはぞんざいな態度をとってるけど、甲斐君が女子に対してはシャイなあんちくしょうになるのは承知済みだ。

「私で練習しとけって、な？」

まあ私もいきなり大して仲良くもない男子と手を繋ぐのはハードルが高いから、持ちつ持たれつ、ウィンウィンでいきましょうや。

「皆、ペアになった？　それじゃあ音楽かけるからねー」

定番のオクラホマミキサーが流れ出す。左、右、左、右、前、後ろ、回ってお辞儀。オーケー、これは作業だ。

全員が動きに慣れたところで、次からはペアがどんどん変わっていくという。うちのクラスの男子ですら苦手なのに、他のクラスなんてキャパオーバーだよ。

最後の最後に苦行を持ってくるとは、修学旅行委員もやってくれるぜ。世の中にはリア充以外の生き物も生息してるってことをちゃんと覚えような。

再び音楽が鳴りだし、男女の輪は徐々に回りはじめた。最初は静かだった生徒たちも、慣れてくると次第に賑やかになってくる。私はあまり喋ったことのないクラスメイトの男子と、微妙な距離を保ちながら踊っていた。

間に三人挟んだ前には、ちよちゃんがいる。私以上に男子が苦手な彼女は、硬い表情でステップを踏んでいた。彼女の様子を気にしながらくるりと回ると、すぐ後ろにいる岩迫君に気がついた。

男子が前にずれるから、次のペアは彼になる。意識するなよ、と自分に言い聞かせた。隣に並ぶ。岩迫君がはにかみながら、手を差し出してきた。それに重ねようとした瞬間、視界の端に輪の中から外れるちよちゃんの姿が映った。

「吉村、どこ行くんだよっ」

背中で岩迫君の声を受け止めながら、暗がりに消えていくちよちゃんを追いかけていた。キャンプファイヤーの喧騒がどんどん遠ざかる。

ちよちゃん、待って、話を聞いてよ。

前を走る彼女を大声で叫んで引き止めたいのに、声が出ない。二人きりで話すタイミングは今しかないのに、勇気が、気持ちがしぼんでいく。

だって怖かった。間違ったら、もう二度とちよちゃんと友達に戻れないかもしれない。正解の言葉を持たないで話しかけるなんて、できなかった。

ついに走るのをやめた私は、完全に立ち止まった。息が苦しい。ちよちゃんの姿はもうどこにも見えなかった。

宿泊所の敷地内とはいえ、外灯は少なく、辺りは真っ暗だった。方向からいって、ちよちゃんはコテージに戻ったのかもしれない。もう一度走れば、追いつける。

はあ、はあ、と苦しそうな息遣いだけが、暗闇の中、やけに耳についた。私の足は、動かない。むしろ折れかけた心は、動かなくてもいいと半分願っていた。

……戻ろう。そう考えたとき、場違いなほど明るいメロディーが静寂を打ち破った。

すぐそこでした大音量に飛び上がる。なに、何事っ？　辺りを見渡せば、なんてことはない、ポケットに入れていた私のスマホがメッセージを受信していた、それだけのことだった。

「まぎらわしいなっ、神谷さん！」

今は友情を失うかどうかの瀬戸際だ。無視してちよちゃんを追いかけるべきときだ。でもこのときの私は、悪態をつきつつもメッセージアプリを開いていた。

神谷のことだ、どうせくだらない話題に決まっている。そう思うのに、縋るような気持ちでスマホを握りしめていた。メッセージは、たった一行だった。

『君が好き』

……あのさあ、あのさあ！

やめようよ、ほんと。なんでこのタイミングなんだよ。私、仲直りを諦めかけてたんだよ。私とちよちゃんの友情は終わりかけてたんだよ。それなのにさあ。

好きって言われて、またやる気を取り戻してるじゃん。私もまだ捨てたもんじゃないなって調子のいいこと思ってるじゃん。

リホちゃんならイケるってー、という平成の無責任男、神谷の声が聞こえた気がする。ほんとか？　イケるのか？

「ちよちゃん!!」

ありったけの音量で叫ぶ。届いたか、届いたら止まってくれてるといい。

もう一度走り出す。メッセージひとつで、好きって言葉ひとつで、私の体は不思議と軽くなっていた。

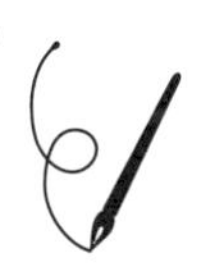

ちよちゃんは、コテージの前にいた。

入り口にある小さな階段に座って、ぼんやり夜空を見上げていた。つられて私も顔を上げると、地元じゃ見られないような光景が空全体に広がっていた。

「わあ」

端から端まで星いっぱいだ。状況も忘れて食い入るように星空を見上げてしまった。

「なんでリホちゃんがここにいるの？」

ちよちゃんの声で現実へと引き戻される。慌てて顔を元の位置に向けると、ちよちゃんは信じられないという表情で私を見つめていた。

「岩迫君は？　まさか踊ってないの？」

「うん。ちよちゃんを追いかけなきゃいけないと思って」

「バカじゃないの!?」

「そ、そうかな」

「そうだよ。これじゃ、私がいなくなった意味がないじゃない」

どうしてフォークダンスの輪を抜けたのか、今分かった。ちよちゃんは私と岩迫君が手を繋いで踊っている光景を見たくなかったのだ。

私がそのことに気がついたことを、ちよちゃんもまた気がついて、バツが悪そうに俯いてしまった。

「そっち、座ってもいい？」

「やだ。来ないでよ」

「お邪魔しまーす」

「来ないでって言ったじゃない！」

ちょっと前の私なら怯んですごすごと退散していたかもしれない。けれど今の私は勇気凜々、妙な自信を携えて、ちよちゃんの隣にどかりと座ることができた。

「星が綺麗だね」

ちよちゃんは何も答えなかった。無視か。ならこっちはこっちで勝手に喋らせてもらう。

「今日ね、岩迫君にちゃんとお礼が言えたよ」

反応はない。けれど私は構わず、夜空を見上げながら話を続けた。

「ちよちゃんがなんで怒ってるのか、私、もう知ってるんだ」

隣で小さな体が震えた。少し可哀想になったけど、昨日今日の彼女を見ていると、それほど弱くない気がしたので遠慮なくいかせてもらうことにした。

「ちよちゃんは、岩迫君のことが好きなんだね」

一番輝いている星を見つめて、私は言った。

やっぱり反応はない。顔を下げて、隣に視線を移す。ちよちゃんは真っ赤な顔をして、涙ぐんでいた。

「すごいなあ」

「……なにがっ、すごいの」

「いや、私、誰かを好きになったことないから。だからちよちゃんは、すごいよ」

驚いた目を向けられたので、照れ笑いで返した。そんなに変なことだとは思わないのだけど。

「これってあんまりひとには話さないほうがいいんだよね。中学のときに言ったら、おかしいって言われたもん」

変だ変だの大合唱で、仕方なく他校の誰々君という架空の初恋男子を作る羽目になってしまった。こっちのほうがよっぽど変な状態だと後で思ったものだ。

「リホちゃんはおかしくないよ」

「そう?」

「そうだよ。好きになるって、そんな簡単なことじゃないもん、そんな簡単に、好きになったりしないもん」

駄目じゃない。おかしくなんかない。

私は今日、たった一日の間に、欲しい言葉を二つももらってしまった。嬉しくて、変な笑いが出てきて、ちよちゃんはそんな私を複雑そうな顔で睨んでいた。けれど不意に、観念したように目を伏せてしまった。

私はもう一度夜空を見上げた。一日目も二日目も、暗くなる前に旅館に入っていたから、こんなに綺麗な星空を見る機会がなかった。明日にはもう帰ってしまうし、今のうちに焼き付けておこうと思った。

「岩迫君ってさ、」

突然、ちよちゃんが言った。

「女子にモテるよね。どうしてモテるか、知ってる?」

戸惑って答えられずにいる私の答えを最初から期待してなかったみたいに、彼女は膝を抱えてぽつぽつと語りだした。

「顔が格好良いのはもちろんだけど、一番の理由は、優しいところだと思うの。どんな女の子にもね、岩迫君は優しいの。私みたいな地味で目立たない女子でも、明るくて人気のある子と一緒の態度で接してくれるから、だから好きになっちゃう子がたくさんいるのよ」

その地味で目立たない女子に、私も入る。たしかに彼は、相手によって態度を変えたりしない。クラスで目立つ子ばかりと話もしない。誰にでも優しい、岩迫君。

「けどね、違ったの。岩迫君は平等じゃなかった。特別な子には、特別優しかった」

私を見ながら、ちよちゃんは言う。居心地が悪くて、顔を背けるしかなかった。

「なのにその特別な子は逃げてるの。なんてもったいないことするんだろうって思った。なんでいらないって突き放すのか、私、理解できなかった」

針の筵だぜ……涼しい夜なのに、汗が噴き出した。

「岩迫君が海にとびこんだとき、私、見てたの」

「そっか」

「ためらいなんて全然なかった。すごかったんだから」

「うん」

「助けようとしてたんだよ。だから気づいてほしかったの。岩迫君の気持ちにもっと応えてあげてほしかった。そうじゃないと、無駄に、なるじゃない。私には絶対向けられないのは分かってるけど、でも、無駄にすることないじゃない、って、私、わたし、」

ごめんね、ちよちゃん。声に出して謝ることはできなかった。

彼女の恋は、見ているだけで私を苦しくさせた。

文化祭で告白されたことを、ちよちゃんと村っちには言っていない。同じクラスだからというのもあるし、キタちゃんほど自分を曝け出していないということもある。

けどちよちゃんは今、私に胸の内を教えてくれている。黙ったままなのは、フェアじゃない。

「……好きって、言われたんだ。文化祭で、岩迫君に」

今でも思う。あれは私の妄想の産物だったのではないかと。ついに二次元と三次元を混同しちゃったんじゃないかと。告白が現実だと考えるよりも、妄想だったと考えるほうが現実的とか何これどうなってんの。

「私、岩迫君とは友達でいたい」

「贅沢」

「付き合うとか、ぶっちゃけめんどい」

「女の敵」

ばっさり斬り捨てられて、落ち込んだ。私はそれほどまでの悪行をしたのだろうか。

「でも、好きってそういうことよね。思い通りにいかないこと、ばっかりなのよ」

恋を知っているちよちゃんは当たり前のように言って、小さく笑った。そのどこか寂しげな表情がやけに女の子っぽくて、ドキッとさせられた。

　キャンプファイヤーをしている広場に戻る途中、ちよちゃんが不意に言った。

「あのねリホちゃん、勘違いしないでね。私、岩迫君のこと、好きとかじゃないからね」

「え、でも」

「ちょっといいなあって思ってただけ。だから失恋とかじゃ、ないからね」

　果たしてそれが本当なのか、嘘なのか、私には分からない。でも本人が言う言葉を、私は信じることにした。


　その夜、コテージで、ちよちゃんと村っち、私の三人で遅くまで話しこんだ。同室の子たちを起こさないように、スマホのライトを光源にして。

　受験、コイバナ、将来の夢。

　日付を跨いでも話題は尽きず、修学旅行三日目の夜は更けていった。

「なんだか長い夢を見ていた気がする……」

小刻みな振動を感じて目が覚めた。アイマスク代わりのキャップを押し上げると、機内の様子が視界に映る。

「夢オチみたいなこと言ってないで、降りる準備しろよ」

「甲斐君。あれ、ここって長崎？」

「寝ぼけすぎだろ。帰ってきたんだよ」

　窓の外を見ると、空港名が刻まれた建物が見えた。じいっと睨みつけること数秒、ようやくここが地元の空港だと認識できた。

　ほんとだ、帰ってきたんだ。

　飛行機を降りると、一日目と同じ場所に集合した。皆、疲れ顔だ。私は自分の荷物に寄りかかって、半分船を漕いでいた。福江島から長崎行きのフェリーでも寝散らかしたというのに、まるで眠気がとれない。きっと夜更かししたせいだけど、あれ楽しかったなー。今度三人でパジャマパーティしたいなー。

「いいかお前らー、家に帰るまでが修学旅行だからなー」

お約束の台詞きた。先生の話が残り少ない証拠だ、がんばれ私。

にしてもこの言い回し、いまだに理解できん。家に帰るまでに気を抜くと死ぬぞってことなの？　戦場ならまだ分かるけど、地元だよ？　家に帰るまでが戦場だからなーって、どんな危険地帯だよ。

「それじゃあ解散。明日はゆっくり休めよ」

生徒たちから一斉に、はああ～、と気の抜けた声が上がった。この状態では家に帰るまで気を引き締めるのは無理そうだな。私もだけど。

早く帰って寝たい。荷物の整理は明日でいいよね。妹からメッセージが来てるけどなになに『椿油買ってきてくれた？』だって。買ったっけそんなの、ドレッシングは買った気がする……同じ油だし、カナなら騙せるだろ。

バスで帰るちよちゃんと村っちに別れを告げて、私はゾンビのようにおぼつかない足取りでモノレール駅へと向かった。

ホームは春日坂の生徒で溢れ返っていた。端っこのひとが少ないほうへ行こうとして、横から押されてふらついた私を後ろにいた誰かが支えてくれた。

岩迫君だった。

「大丈夫？」

「あ、うん」

モノレールが発車する。ホームにいる全員は乗り切れなくて見送ることにした。次のモノレールを待つ列の最後尾に二人で並んだ。

「修学旅行、あっという間に終わっちゃったな」

「だねー」

「また行けるといいな」

「うん」

次のモノレールは十分後に来るらしい。十分か――。アニメのオープニングを六回ぐらい聴いたら来るってことだ。そんなに長くはない、はずなのだが。

「吉村」

「はい」

「手」

「手？」

何気なく出した右手を、彼はそっと掬い上げた。右へ左へ、ゆらゆら揺らす。最後にくるりと回すと、元の位置に戻してから手は離れていった。時間にするとほんの数秒。混雑したホームで、きっと誰も見ていない一瞬の間の出来事だった。

「フォークダンス、できなかったから」

照れくさそうに笑う岩迫君の顔から、私はそっと視線を外す。耳が痛い。いや、熱い。彼はもう話しかけてこなかった。

モノレールが来るまでの十分間、アニメソングを思い浮かべる余裕がなかったことは、言うまでもない。

4 初めて君と

修学旅行明けの登校日ほど、憂鬱なものはないだろう。

怠惰に過ごした土日ですっかり堕落しきった体は重いことこの上ない。学校があるのが分かっているのに夜更かしをしてしまった私は、春日坂への道のりをだらだらと歩いていた。

朝の澄んだ空気の中、知らない男の子の声がしたのは信号が青に変わったときだった。

「あの、ちょっと」

半分目を閉じた状態の私は、人の流れに乗って横断歩道を渡った。右折してまっすぐ五分ほど歩けば春日坂に到着する。周囲には同じようにだるそうな顔をした春日坂の生徒たちが歩いていた。

「ちょっと待って！　君だよ、君！」

誰かは知らないが朝っぱらから元気な人だ。

寝不足から気分がささくれている私は大きく欠伸をすると、声のするほうをなんとはなしに振り返り、わぁ。

思わずもれた感嘆はただの空気となって消えていった。眠気が吹っ飛ぶほどのそれ。

視線の先に、天使のごとき少年が立っていた。

「ハンカチ、落としたよ」

キラキラと輝いて見えたのは果たして朝日のせいなのか、それとも美少年が生まれながらにして持つエフェクトなのか。（実際には彼の色素の薄い髪が朝日に反射して煌いただけなんだが、そこは夢を見させてほしい）

半開きになった口をそのままに、少年の姿を上から下まで余すところなく見つめた。彼は知らない制服を着ていた。目が合うと微笑まれ、朝のひんやりした空気に溶け込むようなその淡い笑みの破壊力に、私の心臓が某太鼓ゲームのようにドコドコと鳴った。

「あの、聞いてる？　これ、落としたでしょ？」

目線の高さは私よりちょっと上くらい、男子にしては小さいのかもしれないが、そんなことがまったくマイナスに働かない何かが彼にはあった。まだまだ成長期なのを考慮しても末恐ろしいものを感じる。

というか彼がずっと話しかけていたのは、どうやら私であったようだ。

「どうもすみません」

「ううん、渡せてよかった」

「でもそれ私のじゃないです」

「え」

「私、タオルハンカチ派なので」

彼の持っているそれはガーゼハンカチというやつだった。キタちゃんと雑貨屋で見つけるたびに、「これは本当にハンカチとしての仕事を果たせるのか？」と二人で議論したものである。

「わざわざ追いかけてきてくれたところ申し訳ないんですが、そういうことなので失礼します」

朝からいいもん見たなー、と内心何度も頷き、私は学校に向かって歩き出した。

最後に見納めておこうと振り返ったが、天使の姿はどこにも見当たらなかった。

「へえ、ゆるふわ天使ねぇ」

「そうなんだよ甲斐君！　は〜、まさか登校途中に地上に舞い降りた天使に出会えるなんて思わなかったよ」

「天使なんて見たことねえから分かんねえ。想像できねえよ」

「あれだよ、ネロとパトラッシュを迎えに来た素っ裸の天使がそのまま大人になった感じだよ」

「想像したくねえよ！」

教室についてすぐ、後ろの席の甲斐君に天使との遭遇を報告した。芸能人と遭遇してはしゃぐミーハー状態な私に対し、彼の反応は至極冷めたものだったが。

「どこの学校の子かなあ。この辺の高校じゃないと思うんだけど」

「この辺の高校生じゃない奴が、なんで春日坂の周りうろついてんだよ」

「家が近いんじゃない？」

「だったら余計に変だろ。吉村は時間ギリギリについたのに、学校が違うそいつなら遅刻じゃん。案外、不良なんじゃねえの」

「ほほう、天使ではなく堕天使でしたか」

「萌えるポイントを見出してんじゃねーよ！」

甲斐君のツッコミは休み明けにもかかわらずキレキレだった。私はかねてより彼にはお笑いの道を目指してほしいと願っている。

「その天使だか堕天使だか知らないけど、岩迫には言わないほうがいいぞ」

「……言わないよ」

「おぉ、吉村が成長している」

大げさに驚かれるほど、今までの私が鈍感だったとは思わない。ゆえにムカつく。

そもそも、『私って彼に好かれてるのかしら？』なんて思うほうがおかしい。そういうのは過去に一度でも告白されたことのある人間が持つ感情なのだ。ひたすら二次元に傾倒してきた私に求めていいような感性ではないことを甲斐君は知るべきである。

「その岩迫君がまだ来てないね」

「心配ですか、吉村さん」

「クラスメイトとして、心配しています」

ありもしないマイクを握って訊いてくるアナウンサー口調の甲斐君をあしらい、私はもうすぐ一時間目の始業時間を知らせようとしている時計に目を走らせた。

「部活が押してるのかな」

「いや、同じテニス部のやつはもう来てるぜ」

甲斐君の言うとおり、来ていないのは岩迫君ひとりだった。

一時間目の現国の教師が入室しても、彼の姿はまだ見えない。本当にどうしたんだろうと思ったとき、後ろの扉が勢いよく開かれた。

「すいません！　保健室に行ってたら遅れました」

教室中の視線が彼に集中する。直後にざわっと教室が騒がしくなった。

「岩迫、それ、大丈夫か？」

最初に慌てた声を掛けたのは甲斐君だった。

驚くのも無理はない。遅れて教室に現れた岩迫君は左目に眼帯をつけていた。

「大丈夫。見た目ほど大したことはないから」

岩迫君は笑って返し、隣に着席した。片方だけになった目が私を見ると、大丈夫だから、と彼はひどく恥ずかしそうに言った。

「おはよう、岩迫君。波動球でもくらったの？」

「吉村ぁ！」

後ろから私の椅子を蹴りやがったのはもちろん甲斐君だった。

なにすんだ、と後ろを睨みつけると「なんで第一声がよりにもよってそれなんだよ！」と小声で叱責された。理不尽だ。

「よく分かんないけど、普通のボールが当たっただけだから」

怪我をした岩迫君は痛々しいがゆえに浮かべる笑顔が健気に見えた。

教科書を開き、私は小さな声で彼に言った。

「授業大丈夫？　ノート取るのがしんどかったら言ってね」

「あ、う、うん！　ありがと、吉村」

なぜか焦った様子で返事をすると、彼はあわただしく授業の準備をした。

しかし岩迫君よ、それは現国ではなく数学の教科書なのだが。

朝練で怪我をした岩迫君は、放課後の部活を休むことになった。

学校帰りに病院に行くという彼は、今私の隣を歩いている。

「岩迫君、次こっちだよ」

保健室の先生に紹介された病院は、偶然にも私の家の近くだった。私自身、小さい頃から何度もお世話になっているところである。医者はよぼよぼのおじいちゃんがひとり。最後に行ったのは小学六年生のときだったが、あの時点ですでに死にそうだったから、もしかしたら今は別のひとがやっているのかもしれない。

地図だけでは心許ないという岩迫君の道案内役に私を推薦したのは、おせっかいな甲斐君であった。せっかくだから、とか訳の分からないことを言って。ヤツの意図は分かるが、そういうのは本当に迷惑だ。ほっといてほしい。

「吉村と一緒に帰れるなんて、なんか変な感じ」

「これは一緒に帰ってるんじゃなくて、病院に案内してるんだけど」

「水差すなよ！　いいの、一緒に帰ってんの！」

岩迫君はさっきから浮かれていらっしゃる。

これは、……まあ、……あれだ。嬉しいのだろう、たぶん。

修学旅行が終わってから、私に対する彼の態度は万事がこれだ。二人きりになるとなおのこと、岩迫君は好意を隠さなくなった。

受け入れ態勢のまったくできていない私は容量以上のそれについていけない。だからと言って適当なことをぶちまけて逃げることもできなかった。彼の好意を無かったことにして逃亡してしまう卑怯さを、残念ながら私は持っていなかった。

「吉村、あのさ、……手、繋いでいい？」

病院まであともう少し、というところ。

突然そんなことを言い出した岩迫君を愕然とした目で見上げると、彼はそわそわと落ち着きのない様子でこちらを見下ろしている。

「実は視界が狭くて、まっすぐ歩けないんだ」

「今までまっすぐ歩いてたのは私の気のせいですか」

「俺っ、怪我してるし！　だから大目に見てよ！」

「岩迫君。君はいつからそんなにずるいことを言うようになったんだね」

「……病院まででいいからさ。お願い」

大型犬のくせに子犬の目で見るのは卑怯である。

というわけで、私の手は彼の手の中に納まってしまった。(何が、というわけで、なのかは察してほしい)

……き、気まずい。

さっきから会話がほぼないんだけど。どうすりゃいいんだ、私は。こんなことならもっと乙女ゲーをやりこんでりゃよかった。乙女ゲーマスターのマリちゃん、オラに力を！

「吉村、歩くの速くなってない？」

「そう？　これが普通だけど？」

手に意識が集中しないようにする術があるのなら誰か教えてほしい。暑くもないのに変な汗が噴き出てきて、繋いだ手が汗でべちょべちょになったらさすがの岩迫君も引くと思う。

病院までの辛抱だ。そう思えば思うほど、歩く速度が上がった。

「吉村、なんで走ろうとしてんだよ！」

「ええい離せ！　私を走らせろ！」

今や私たちは、言うことを聞かない飼い犬と、必死になってリードを引っ張る飼い主と化していた。

しかし運動部の岩迫君に、体育の授業以外まったくといっていいほど運動をしない私がかなうはずもなく。

「つ、疲れたっ、ハーフタイムを要求する！」

「後半もやるつもりなの」

息一つ乱していない岩迫君が、膝に手をつく私と目線を合わせて困った表情を浮かべた。分かっている、困らせているのは私だ。

「俺と手、繋ぎたくなかった？」

私は顔を横に背けて、ごまかすように道端の小石を睨みつけた。

嫌なわけではない。嫌なわけではないのだが。

できるだけ非難がましくないように、私は言った。

「これまで数多の女の子と手を繋いできた岩迫君には分からないかもしれないけど」

「は？」

ダメだ、初っ端から非難がましい。

「私にとって異性との接触は一大事というか、未知との遭遇に等しいの」

二次元じゃ接触どころか同じコマにいただけでカップリングを成立させる私だけど、現実じゃこんなもんだよ。どんなに親しかったとしても、自分に触られるとなると話は別だ。どうせ繋ぐなら神谷みたいにさっさと繋いでくれたほうがまだマシなんだが、そういえばヤツは一体どういうつもりで私の手に触れていたんだろうな。今になって気になるなんて、考えたくないことは後回しにするツケがここにきて回ってきたか。

「岩迫君はさ、つまんなくならない？」

正面に戻した視線の先で、ちょうど彼は瞬きした。

「今まで付き合ってきた女の子と違って、私はつまんないよ」

ふんと鼻から息を吐き出したとき、ごすっ、と衝撃が襲った。

「いい加減にしろ！」

な、殴った？　殴ったのか、今。

　正確にはチョップだったが、私は混乱して壁際まで後ずさってしまった。

「ずるいのは吉村のほうだろ！　自分は大したことないからやめとけって、そんなの俺に対して失礼だって思わないのか⁉」

「岩迫君、ちょ、落ち着いてっ、ご近所様にご迷惑が」

「うるさい‼」

　普段怒らない人が怒ると、すごく恐ろしいんだなぁ　りほこ
「聞いてる⁉　またどうでもいいこと考えてただろ！」

　図星を指された私は愛想笑いを浮かべて切り抜けようとしたが、直後に両肩を掴まれる。強張った体がすぐ後ろの壁に押し付けられた。

　目の前に、岩迫君の真剣な顔があった。

「ぜったい諦めないから」

「……なんかムキになってない？」

「こういうのはムキって言うんじゃなくて、本気って言うんだよ」

「私にそのような商品価値は」

　岩迫君の右手が再び上がったのを見て私は口を噤んだ。さっきは力を抜いてくれていたんだろうが、本気でやられたらおそらく二等分されると思う。

「私なんか、ってのはこれからはなし。いい？」

「えぇー」

すっと動く右手。

私は首を縦に振った。

なんだこれは調教か。調教されてるのか私は。岩迫君はワンコ系とかほざいていた過去の私はなんて見る目がなかったのだろうか。

「ところで岩迫君、そろそろどいてくんない？」

この体勢は誰かに見られたらヤバいんだけど、という私の視線につられて彼の目が自分の両手の行き先を辿り、最後に正面にある眼鏡を見つめた。

「ごっ、ごめんっ!!」

飛びのいた彼は反対側の壁にぶつかり、なおも後ろに後ずさろうとした。動揺しすぎでかえってこちらが冷静になる。私、壁ドンなんて初めてされたよ。世の女子たちはこの体勢で本当にときめいてんのか、私が感じたのは恐怖なんだけど。

岩迫君は電柱に抱きついて懊悩していた。

「ごめん、ほんと、わざとじゃないんだ、ごめんなさい……」

「分かってるから。そろそろ病院行かない？」

「なんでそんなに落ち着いてんだよっ、誰とも付き合ったことないって本当なの？」

「そういう岩迫君こそ、反応がウブすぎてこっちが困っちゃうんだけど」

「だって俺、女子と付き合ったことないし!!」

電柱に貼られた指名手配書に向かって彼は盛大な告白をしてくれた。

私はもちろん、手配書の犯人だってびっくりしているに違いない。壁ドンまでしといて女子とのにゃんにゃんがなかったとか嘘だろ。

「冗談だよね？　いいよ、私に気を遣ってくれなくても」

「本当だって！　小学校入学してからずっとテニスしかやってないし、吉村を好きになるまで女の子と付き合いたいって思ったこともない」

「マジ？」

「マジだよ！　だからいつも余裕なかったんだって！」

しばらく二人の間に沈黙が横たわる。夕食どきだからか、どこからともなく肉じゃがらしき匂いがしてきたところで、私たちはようやく歩き出したのだった。

「目、大したことないといいね」

「うん。……実は試合中に考えごとしててさ」

病院の看板が見えてくる。彼は恥ずかしさを隠そうとして、結局は失敗した顔をして言った。

「今週の土曜日、俺と一緒に出かけない？」

「え！　今週の土曜日は無理！」

「……っていうのをどうやって切り出そうか考えてたらボールが当たってたんだけど、……そっか、無理か」

ごめん、バイト入れてる。そう告げると、じゃあ仕方ないよなあと言って諦めてくれ「じゃあ来週は？　それも無理？」なかった。

「来週の日曜なら、空いてるけど」

「じゃあどっか行こう」

「……キタちゃんも誘っていい？」

「駄目」

二人きりかよ。それってアレじゃん、最初が『デ』で、最後が『ト』のやつじゃん。

「五味とは二人きりで部屋で遊んでるくせに」

そんな恨みがましい視線を向けられても困る。

「五味は同じ部活の後輩だもん」

「でも男だよ」

いや、五味は五味という生物であり、君と同じ『男』じゃない。少なくとも私にとっては。

「……ちなみにどこ行くの？」

「まだ考えてないけど、行く気になってくれた？」

期待をこめた眼差しから視線を逸らし、私が思い浮かべたのはちよちゃんの怒り顔だった。

乗り気じゃない私に向かって「もったいない！」と唇を尖らせて抗議している。

私は恋を知らない。知りもしないで逃げているのが、彼女曰くずるいんだそうだ。食わず嫌いは人生を損している、一度食べてみて不味かったら吐き出せばいいのよリホちゃん。まずは一口、レッツトライ！

「わかった。行く」

「ほ、ほんと？」

「よろしくお頼み申す」

「なんか硬いよ……」

急に行く気になった私を不思議そうに見ていた彼は、まさか私が脳内ちよちゃんに背中を押されたからだなんて思いもしまい。

――悪いことをしている。

私が彼とデートするのは、ちよちゃんに対して誠実でありたいと思ったからだ。ちよちゃんだけじゃない、私が知らない女の子たち、岩迫君を好きなひとたちに対して、私は言い訳したいだけなのかもしれない。

ほら私、ちゃんと彼と向き合ったでしょ、って。

病院へと岩迫君を送った私は、いつもより明らかにゆっくりとした足取りで家を目指していた。途中、何度もため息が零れる。疲れたせいではなく、うまく言えないのだが、抑えきれない何かが我慢できずに出ていく感じに似ていた。

一歩どころか、三歩くらいすっ飛ばした展開に、正直言うと未知に対する不安でいっぱいだ。ここで二歩ほど戻りたい。デートやめたい。家でアニメ観たり漫画描いたりしていたい。お外こわい。

ふらふらしながら歩いていると、スマホにメッセージが届く。甲斐君からだった。

『キスしたか？』

してね――よ!!

おめーの差し金でHPごっそり持っていかれたわ!!　キスなんてされた日にはオーバーキルで死んどるわ!!

メッセージは無視った。ついでに甲斐君本人も明日無視ろうと思う。

さきほどとは違ってどすどすと地面を踏みしめながら帰路につく私の背後から、どこかで聞いた声がした。

「よかった、また会えたね」

振り向くと、朝出会った天使みたいな少年が微笑みながら立っていた。

5 天使の思惑、私の都合

日曜日の朝は快晴だった。しかし今日の天気予報では午後から雨が降るらしい。

待ち合わせの十五分前に着いた私は、背後のショーウィンドウでもう何度目かになる全身チェックを行っていた。

ガラスに映るのは、妹のカナが整えてくれたいつもと違う髪型の私。収まりの悪い髪を珍しくほどいて、耳の後ろの低い位置でツインテールにしてもらった。大人しめのワンピースにタイツを合わせて、上からカーディガンを一枚。ショートブーツはカナが貸してくれたものだ。私が男の子と出かけると聞いただけで、上から下まで頼まずともコーディネイトしてくれた。

「ごめん、待った?」

「ううん、全然！　今来たところ！」

隣で同じように身だしなみをチェックしていた女の子が、現れた男の子と一緒に楽しそうに歩き出していった。

彼女の姿は私が着く前からあった。全然待ってないはずがないのだが、不満なんてひとかけらも見せなかった見知らぬ彼女にひどく感心した。こういう場合、間違っても私みたいに「待ったに決まってんだろ。遅いんじゃ」などとは言ってはいけないのだ。

「ごめん、待った？」

「いいえ、まったく」

待ち合わせの時間から十分過ぎた頃、彼は現れた。

私は笑みを貼り付けた状態で、背筋をしゃんと伸ばした。

「今日はよろしくお願いします」

「敬語はいいって。デートなんだから、もっと気楽にいこうよ」

こちらの緊張をほぐすように天使は微笑む。私はデート、という言葉におおいに苦笑した。

それでも綺麗だなあと素直な感想を抱く。クラスの男子とはどこか違った雰囲気を持つ彼を目の前にして、今になってもまだ現実感が伴わない。何かの間違いじゃないかって思うのだが、彼はたしかにそこにいて、そして私の隣に並び立っていた。

「じゃあ行こうか、リホちゃん」

「うん、タモツ君」

天使あらためタモツ君と二人で出かけるに至った経緯には事情がある。

あの日、岩迫君を病院に送った帰りのこと。またしても偶然目の前に降臨なされた天使は、困り顔で私に道を尋ねてきた。どうやらこのあたりに引っ越してきたばかりだという。

道案内を買って出た私に、別れ際、彼はお礼がしたいと申し出た。もちろん道案内ごときでお礼をいただこうという浅ましい私ではないので丁重に断ったのだが、彼の熱意に負けて結局は一緒に出かけることになったのである。

向かった場所は電車で乗り継ぎなしに行ける遊園地だった。一日あれば余裕ですべてのアトラクションに乗れる規模のそこは、休日もあってか家族連れやカップルの姿が多い。

二人分の入場料を支払ってくれたタモツ君に連れられて、手始めにジェットコースターの列に並ぶことにした。

ところで、ある程度は予想していたが、彼はとにかく目立っていた。

「リホちゃん、あそこの売店のホットドッグ美味しそうだよ。お昼に食べない？」

楽しそうに話す彼に相槌を打ちながら、私は方々から突き刺さる視線を感じていた。

後方に並ぶ女子中学生の群れなど最たるものだろう。友達同士が五人、さっきからきゃあきゃあと隠しきれない黄色い声が少し離れた私の耳にまで届いてくる。

明らかにタモツ君を噂しているのに、当の本人は気づいていてもさらっと無視だ。視線すらやらないその態度に、なんとなくこなれたものを感じる。

「遊園地なんて、実は久しぶりなんだ」

「そうなの？」

「うん。父親は仕事で忙しいし、母親は子供連れて出かけるような人じゃないから」

彼が言うには、今住んでいる土地には父親の転勤で引っ越してきたという。高校二年生になるまでに、もう五回も転校しているのだと聞いて、私は純粋に驚いてしまった。

「話には聞くけど、そういう人に会うのは初めてだなあ。なんか大変そうだね」

「一年か二年で離れちゃうから、最初から覚悟してればそうでもないかな。友達をつくってもしょうがないって思ってたから、人付きあいなんてかなり適当にしてたし」

愁いを含んだ彼の表情に、きゅんとしない女子がいようか。

目を奪われたのは私だけではない。さっきからちらちらと彼の様子を窺っていた周囲の人たち（主に女子）は、一様にはぁ～っと熱のこもったため息をこぼしていた。

「でもね、今いる高校は、それまでと違ったんだ。初めて一緒にいたいって思う人と出会ったんだよ」

タモツ君の白い頬を紅潮させるほどの人物はこれ如何に。女子か？　と思った私だったが、彼の言葉にすぐさまその考えを捨て去った。

「本当に、本当に素敵な人なんだ。男の中の男っていうの？」

「タモツ君はその人に憧れてるんだね」

「だって本当にすごい人なんだ！　学校じゃ知らない人なんていないくらい有名だし、教師だって一目置いてるくらいなんだから」

「はぁ、」

タモツ君が天使キャラを忘れかけている。

いや、私が勝手につけたキャラ設定だが、今の彼はそこらのミーハーと変わらない。初めて彼を見た私そのものである。

「っと、ごめん、なんか興奮しちゃって」

正気に戻ったように口元を押さえると、タモツ君は不意に真剣な目をして私を見つめた。彼はあまり背が高くはないので、私との目線が近い。同じような高さで見つめられ、整った顔に一瞬息を呑む。

「リホちゃんは、兄弟っている？」

「……いるよ。兄と妹がひとりずつ。タモツ君は？」

「兄がひとり」

会話の内容は、眼差しほど強いものではなかった。それよりも彼がほんのわずか見せた不可思議な表情はなんだろう。確認する前に消え去ったそれに、私は内心で首を傾げる。

「ねえ、リホちゃんはお兄さんのことが好き？」

「え？　あぁ、まあ、普通に好きだけど」

「羨ましいな。僕のところだと、そうはいかないんだよね」

「お兄さんと仲悪いの？」

「……さあ、どうかな。僕が一方的に嫌ってるだけかもね」

荒んだ空気を感じ取った私は、無意識に一歩下がり、後ろに並んでいた人に軽くぶつかってしまった。すいません、と謝ってタモツ君に視線を戻すと、彼は出会ったときと同じ輝かんばかりの笑みを私に向けていた。

蕩けるような笑みにしばし見惚れていると、唐突に彼は言った。

「ねえ、リホちゃん。僕と付き合わない？」

目を見開く私の背後で、会話を聴いていたのだろう中学生の集団が「えー!?」と甲高い悲鳴を上げた。

6　野獣のさけび

「ねえ、リホちゃん。僕と付き合わない？」

ある日突然現れた王子様。ろくに知りもしないうちに惚れられてハッピーエンド。今のこの状況、まさにシンデレラストーリーそのものである。

しかし私はシンデレラでもなければ、相手も王子様ではない。驚いたのも一瞬、ああやっぱり、という残念な気持ちにすり替わった。

「ブルータス、お前もか」

「は？　ブ？　ってちょっとリホちゃん、どこ行くの？」

戸惑うブルータスを置いて、アトラクションの行列から抜け出した。

並び始めて三十分以上は経っていたと思う。それを無駄にする行為になんだかムカっ腹が立ったが、それ以上に腹立たしいのはこうなることがなんとなく分かっていてノコノコと話に乗った自分である。

オシャレまでして馬鹿みたいだ。

いやそれより何より、カナに悪い。私が彼氏とデートすると思って、ああでもないこうでもないと服を選んでくれて、お気に入りの靴まで貸してくれたのに。

きっと家に帰ったら「デートどうだった？」と訊かれるに違いない。そのとき私はなんて答えたらいいんだ。

ブルータスに裏切られたと言えってか。

「すいませーん、ホットドッグ二つ!!」

「まだ十時なのにもう食べるの？」

いつのまにか背後にブルータスがいた。

私は相手に見えないこともあって仏頂面を隠しもしなかったが、正面で接客しているスタッフのお姉さんはぽわ～とした顔で私の背後を見つめていて、実に対照的である。

「マスタード多めにかけてもらえますか？」

苛々しながらも正気に戻そうと話しかけてみたが、スタッフの応答はない。

まったく、ここの遊園地はスタッフにどんな教育してんだ。私はケチャップよりもマスタード多めが好きなんだよ。むしろマスタードだけでもいい派なんだよ。おいこらこっち見ろっ、マスタードに飢えた客が目の前50センチのところにいるだろーが！

「マスタード多めでお願いできますか？」

「はっ、はいっ」

注文した私を差し置いてブルータスの言を聞いたスタッフ「ますい」。私は貴方を許さない。家に帰ったらホームページにアクセスしてお客様窓口に特攻かけてやろーか？　あん？

しかも「お待たせしました」と言ってホットドッグふたつをブルータスのほうに差し出すスタッフ「ますい」。どこまで地雷を踏んだら気が済むのだスタッフ「ますい」。

「リホちゃん、あっちのテーブルに行こう」

当然のようにホットドッグを受け取ったブルータスは、まだほとんど埋まっていないフードコートのほうへと歩いていった。

ついていくべきか、否か。

もう会話すらしたくない心境の私は、ホットドッグを諦め出口へと向かってもよかった。けれど、ここまで来たのは私の意思で、また目的もあった。いくら腹が立ったからといって何の成果も残せずに帰るなんて、それこそ時間の無駄ではないだろうか。いやいやホットドッグが惜しいとかそんなことは決してない。決して。

鞄を胸に抱きこむと、私は慎重な足取りでヤツの傍へと寄った。正面の椅子を選び、すぐにでも立ち上がれるよう浅く腰掛けた。

「それで、一体どうしたの？　気分でも悪くなった？」

気分が悪い人間がホットドッグ食えると思うか。

ブルータスが言っていたとおり、ここのホットドッグは実に美味しかった。マスタードは私好みの粒タイプで、ソーセージの下に敷いてある刻みキャベツはカレーの風味が利いている。スタッフ「ますい」は注意力は散漫だが良い仕事をしている。

「僕も食べていい？」

「それ私のなんですけど」

「……二つも食べるの？」

自分の分だと思ったのかブルータス、愚か者め。

天使だなんだと持ち上げておいて悪いが、今やブルータスという渾名に堕ちた彼の顔を、私は銜え切れないホットドッグの先で捉えていた。

悪魔というものは悪魔の顔をしては現れない。遠近法によってホットドッグの上に載った天使みたいに見えるキレイな顔の裏側には、とんでもない野望を秘めているはずだ。

「僕、何かリホちゃんを怒らせることしちゃったかな？」

こちらの白けた空気を感じ取ったのか、傷ついた表情を浮かべて、それでも彼は真摯に事情を訊こうとしてくる。

相手の罪悪感を煽るような儚い風貌は、何も知らなければまんまと騙されていただろう。私の性格が少しでもお人よしなものだったなら、悪くもないのに謝っていたかもしれない。

しかしブルータスよ、私はすでにお前が何者かを知っているのだ。

「ブルータス君はさあ、私のどこを好きになったの？」

一個目を食べた私は二個目に取り掛かった。口にものを入れていると、都合の悪いことを聞かれても喋れない体を装える。

「ぶるーたす?」

「会うのは二回、いや三回? そんな短い間に私のどこを好きになったってーの?」

喉が渇いてきた。ジュースを買いに行きたい。でもこういうところのジュースは高いわりに氷ばっかりで毎度がっかりなんだよな。

「実は、初めて会ったときからかなり気になってて」

無料の水を探してきょろきょろしていた私は、ゆっくりと視線を戻す。そこには真剣な眼差しのブルータスがいた。

「一目惚れ? マジで言ってんの?」

「マジだよ。というかリホちゃん、さっきから口調変わってない?」

取り繕う必要がなくなったからだ、とわざわざ言ってやることもなかったので、喋れないと言わんばかりにホットドッグを口に押し込む。この最後の一口を食べ終わったら、私は引導を渡さねばならない。

「初めてリホちゃんを見たときに思ったんだ。ああ、この子がそうなんだって」

「この子が吉村翔太の妹なんだって?」

「そう、ショータ先輩の……え?」

ついに馬脚を露わしたな、ブルータス!!

ちょうど二個目も食べ終わったことだし、最後の仕上げにかかることにした。

私は周囲の状況をさっと確認した。昼には早い時間のせいもあって周りに人は少ないが、まったくいないということもない。一番近いのは家族連れと、なんか見てて悲しい男子高校生三人組だ。大声を出せば確実に届く距離にいる。

いける！　これは勝てるぞ！

「こういうの初めてじゃないんだよね」

「なに、言ってるの？」

「偶然を装って近づいてくるの。初めてじゃないって言ってるんだよ」

今年になってからは初めてだが、去年、一昨年と私は同様の被害に遭っていた。

原因は兄だった。

変な輩が私の周りをうろつきだしたのは、兄が高校に入学してからである。

神谷曰く下僕らしいが、妹をダシに使うのはやめてほしい。特にひどいのは妹を籠絡して堂々と家に上がりこもうとする連中だ。

まんまと騙されなかったのは、ひとえに私の異性に対するコミュニケーションスキルの低さと疑り深い性格のお陰である。

「兄ちゃんが好きなのは分かるけどさ、もっと他にやり方あるでしょうが。まったく、佐倉木高校は君らにどういう教育をしとるんだね」

「ほんと、なんのことか分からないんだけど、」

「しらばっくれてもいいけど、これだけは言わせて」

私には今まで言いたくて言いたくて我慢していたことがある。しかし言えなかった。これでも私はブルータスの無実をギリギリまで信じていたのである。ゆえに右手のツッコミを封印し続けてきたのだ。

けれどもう限界です。

「いちいち設定が古すぎる!!」

ビシっと突きつけた指先の向こうで、ブルータスはぽかんとしていた。

「は?」

「なんだよハンカチ落としましたよ、って。ないない、ナッシン!　いつの時代のトレンディードラマだっつーの。そもそも落としてもないハンカチ一枚で話にのると思ったら大間違いだよ。人見知りをナメるな」

ちなみに私がなぜ一昔前のドラマを知っているかというと、トレンディードラマファンであるキタちゃんのおばさんに「最近のドラマには情緒がない」という不満をぶつけられ、丸一日かけてトレンディードラママラソンに強制参加させられたからだ。娘であるキタちゃんは本当のマラソンに出かけてくるとか言って逃走したのは記憶に新しい。

「台詞もなんかどっかでパクってきたのばっかだし、挙げ句の果てには一目惚れとかさあぁ!! ただでさえ中身知って好きになったって言われても信じられない私がそんなのにコロっと騙されるか!!」

一応声は抑えたつもりだったが、さっきから周囲の視線がちょっと痛い。

ああっ、離れていかないで！　衆人環視の中にいることで私は安全確認をしていたというのに！　お願い皆ここにいて！

「まあ、言いたいことはこれぐらいなので、そろそろ帰るね」

実際はまだまだ言ってやりたいことはあったが、まあよしとしよう。遅刻すんなとか、遅刻すんなとか、やっぱり遅刻すんな神谷かお前はとか言いたかったけど。やりすぎると恨まれるしな。

ホットドッグの包み紙を丸めて手にすると席を立つ。ブルータスはいつからか俯いていた。

「待てよ」

背中を向けようとしたそのときだった。低く抑圧された声が私の動きを止めた。

「言いたいことはこれぐらい？　まあ待てよ、俺の言いたいことも聞いてけよ」

ゆっくりと顔を上げたブルータスのその恐ろしいまでの形相といったらなかった。

キレイな人はラーメン食っててもキレイって言うけど、キレイな人が滅茶苦茶怒ると滅茶苦茶怖いことを私は今知った。キレイな顔を凶悪に歪めたブルータス、どうやっていたぶってやろうかと、その色素の薄い目が私を値踏みしていた。

「そうだよ、お前が言ったとおりだ。ショータ先輩の妹だから声掛けたんだよ」

さっきまで育ちの良さそうな空気を纏っていた彼は、今や不穏なオーラを放っていた。黙っていてもヤバいと分かる人種がいる。彼がまさにそれだった。

「ほんとはもう一人の妹のほうにしようかと思ったんだけど、お前のほうがちょろそうだったしな。いかにもモテないって顔してるし、実際そうなんだろ？　男と二人で出かけるってだけでそんな気合いを入れた服着てくるんだもんな？」

馬鹿にしたように片頰を上げる笑い方が、実にしっくりくる。今までの笑みはやはり全部嘘だったのだと改めて思った。

これは今までの連中の中でも一等タチが悪いかもしれない。だいたいがバレると捨て台詞を吐いて去っていくか、バツの悪い顔をしてやはり去っていくかだった。

しかし目の前で悪びれる様子もないブルータスといえば、こっちをさらに傷つけてやろうという気力に満ち溢れている。また誰かを傷つけても平気でいられる図太い神経を持っていた。

私はいつしか椅子を盾にするように立っていた。なんですぐに列を離れて立ち去らなかったのだと後悔していた。

息がかかりそうなくらいに顔を近づけてくると、ヤツは言った。

「ショータ先輩の妹じゃなきゃ誰がお前みたいなブスに声掛けるかよ、バァカ」

何を言われてもいいように構えていたのに、胸に刺さったときの音は想像以上に大きかった。

傷ついた表情でも浮かべてしまったのだろうか、ヤツがそれはもう嬉しそうに笑った。

「ショータ先輩にチクるか？　まあいいけど。ショータ先輩だってお前みたいなブス、迷惑に思って」

鈍い音がして、直後に私の拳がじわりと熱を持った。

ツッコミに使うはずだった私の右手は、ヤツの顔面を振りぬいていた。

……なにやってんだ、……私。

「って、めえ！　何しやがんだ!!」

怒鳴り慣れているヤツの声に、肩がびくっと跳ねた。怖い。逃げたい。でも。

「何しやがんだはこっちの台詞だ!!」

勇気を出して搾り出した声は、情けないくらいに震えて、本来の半分の大きさも出せなかった。それでも絶対に泣きたくないのに泣いてしまいそうな目に力をこめて睨みつける。

「ブ、ブスで悪かったな！　でもこんな私でも好きって言ってくれる男の子はいるんだよ！　だからお前にいくら傷つけられたっていいもんね！　今度一緒に遊びに行くんだもんね！　今日会ったのはそのときのための予行演習だバ――カ!!」

水族館行こうって、昨日メッセージがきた。

でも二人きりで出かけたら絶対緊張して変なことになる自信がある。そんなときに現れたヤ

ツの誘いに飛びついた。岩迫君と二人で会っても緊張しないように、失敗しないように。男の子と二人きりという状況に慣れるために、利用したのだ。

考えたら私もけっこうひどいことをしている。しかも最初に手を出してしまった。これからもっと酷い状況になるのが分かって、震えと後悔と、あと私の中の野獣が止まらなかった。

「ブスでも隅っこで細々と生きてる私に突っかかってくんな！　いつお前に迷惑かけた？　かけてないだろ！　こっちだってお前みたいなヤツに関わらないよう気をつけて生きてんだ！　そっちも気ぃ遣え！　私の人生っ、邪魔したらただじゃおかねえからな!!」

後半は声が嗄れて喉が痛くて涙が出て。ぜえぜえと呼吸しながら、今本格的に水がほしい。

地面に落ちていた鞄を拾い上げると、私は今度こそヤツに背中を向けて駆けていった。

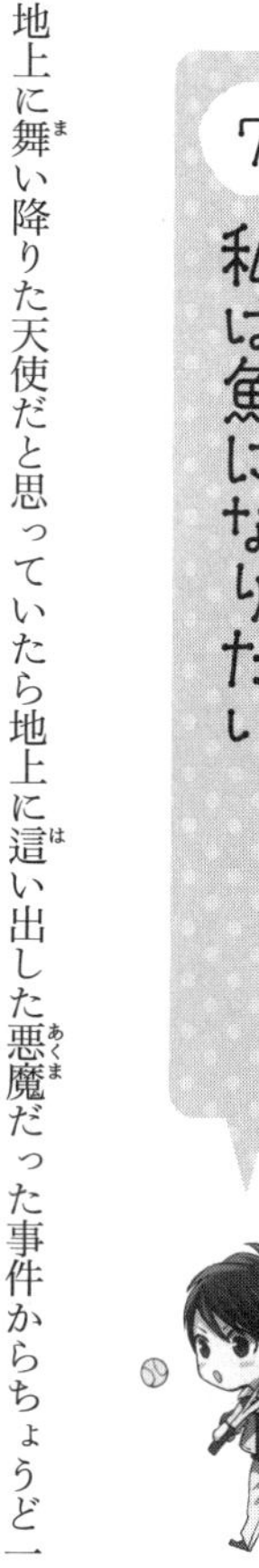

7 私は魚になりたい

地上に舞い降りた天使だと思っていたら地上に這い出した悪魔だった事件からちょうど一週間がたっていた。

あの後、家に帰っても思い出すたびに喉の奥のほうがひゅっと鳴って、ベッドに入っても中々寝られない日々が続いた。いつかアイツが仕返しに来るんじゃないかと想像して、お腹と背中にジャンプを仕込もうかと本気で考えたほどだ。

絶対にひとりにならないでおこうと気をつけて過ごした一週間は苦痛だった。常に周囲を警戒しながら歩く通学路。コンビニだって気軽に行けなくなった。あの日初めてひとを殴った拳は少し赤くなって、ひねったらしい手首はペンを握ると痛みが走った。

後から思えば、怒らせずに穏便に済ませる方法はいくらでもあった。どんなにコケにされても黙って耐えていればよかったのだ。吹き荒れる暴風が静まるのをじっと待つように、我慢していれば。

ああいう悪意の塊に毅然と立ち向かえるほど、私はきっと強くない。こうやって後になってからうじうじと悩んでいるのがその証拠だ。

だから今度は穏便に、嵐が過ぎ去るのを待とう。

そう思うのに、あのとき馬鹿にされた私が抱いたどうしようもない劣等感を思い出すと、ふつふつと闘志が湧いてくるから困ったものである。

約束の日曜日。待ち合わせ場所は、O駅内の書店前になっている。

デパートみたいな雰囲気の駅は、各路線が交わることもあって人で溢れかえっていた。改札を出て階段を下りたすぐのところにある書店は、午前九時前だというのにすでに開店している。早く来れば書店で時間を潰せるので、ここは待ち合わせをするにはうってつけだった。

岩迫君はたぶんまだ来ていないだろう。三十分前についた私はまっすぐ書店に向かった。新刊をチェックしようと入り口付近のコーナーに歩いていくと、開け放しになったドア近くで突然肩を叩かれた。

「おはよう」

信じられないことに、振り返った先にいたのは岩迫君だった。待ち合わせをしていたのだから彼以外にはありえないのだが、私はびっくりしてしまった。

「お、はよう」

「さすが吉村。来るの早いな」

驚いた原因は、神谷、そしてブルータスにある。連中ときたら揃いも揃って遅刻してきて、しかもそれが当たり前という態度なのである。最悪な二人に付き合わされた私は、男は遅刻してきて当たり前、という刷り込み状態にあったのだ。

「吉村？」

「あ、ごめん。岩迫君こそ、早いね」

「そう？　普通だろ。部活で遅刻なんかしたら先輩にぶっ飛ばされるし」

教室にいるときのように会話ができるこの状況に、私は内心ガッツポーズをした。予想ではもっと気まずい感じになるはずだったのだが、岩迫君も私もいつもどおりで何の気負いもない。

ここでひとつ、言い訳をさせてほしい。本日の行事はデートではない。いいか、デートではない！

そもそもデートというのは恋人である二人が出かけることを言うのだ。他の言葉で言い換えれば『逢引き』もしくは『ランデヴー』だ。どうだ、私たちにとってまったく似つかわしくない単語ではないか。

この言い訳を確立させるために『デートとは？』という検索ワードに乗ってネットの海を泳いだ私に死角はない。しかし気づけばまったく関係のないサイトを閲覧していたから、電脳世界とはつくづく恐ろしいものである。

　というわけで本日がデートではないという確証を得た私は妹からのファッションチェックを経て、今ここにいた。服装は以前に比べればさらに大人しめである。決してブルータスに言われたことを気にしたわけではない。

「ちょっと早いけど、電車乗る？」

「うん」

　水族館までの乗り換えを把握していた私は先んじて歩き出した。岩迫君はつかのまぼうっとしていてそれを見送り、すぐに慌てて追いついてきた。

「よ、吉村、待って」

「なに？　……あ」

　しまった。今日はキタちゃんと一緒に遊びに来ているわけではないのだ。

「ご、ごめん」

　急激にこみ上げてきた恥ずかしさのせいで、私は立ち止まった。後ろからどんどんやってくる通行人が迷惑そうな顔をして私を避けていく。岩迫君に引っ張られて駅構内の端っこに誘導された。

「私、けっこう緊張してるみたい」

「それは俺もだって」

岩迫君は安心したように笑った。緊張していたのは自分だけじゃない、そういう笑顔だった。

「お互い緊張して、はぐれたら大変だし、……あー、だからさ、俺たち手を繫いだほうがいいと思うんだけど」

私が何かを言う前に、岩迫君に手をとられていた。

こ、この間は一応訊いてから手を繫いできたというのになんてことだ！

呆然とする私は引っ張られるがままに歩き出した。こうして歩くのは二回目。羞恥心は一回目と勝るとも劣らなかった。

手を繫いだ男女二人が少し俯いて終始無言で歩いているのに、周りは誰も気にしていない。目の前にはカップルらしき二人が腕を組んで歩いていて、それを見るのがどうしてもできなかった私は自然と下を向いてしまう。

なんだこれ、まるでデートじゃん。

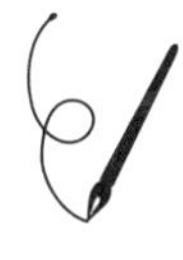

目的の水族館は海に面したところにあった。
駅から出ると潮の匂いが立ち込めている。修学旅行を思い出し、何度も鼻をひくつかせていると、隣にいた岩迫君も同じことをしていたから少しだけ緊張が和らいだ。

チケットを買って館内に入った私達は、人の流れに乗って最初の水槽に近づいた。

彼らにしてみれば狭すぎる空間で、色とりどり大小様々な魚が泳いでいる。現代っ子らしく、刺身になった魚のほうが馴染み深い私にとって、泳いでいる魚を見るのは食べ物的な意味ではなく視覚的な意味で実に新鮮だった。

青白い光に照らされながら、ふと隣に視線をやった。

少しだけ口を開けて水槽に見入っている岩迫君に、私はしばらく見入ってしまった。

ヤバい、いつもより格好良い。

薄暗い照明のせいなのか、男前度がアップしている。それとも彼は私が知らない間に進化でもしたんだろうか。

突然だが、ここでリホコのファッションチェック！

今日の岩迫君の装いはまるでメンズ雑誌から抜け出してきたかのようですね！　特にその、あの、なんだ、……とにかくカッコイイ！　以上！

流行に対して電波が一本ないしはまったく立っていない私には、彼がいかにオシャレかを表現する言葉を持っていなかった。

最近知ったのだが、ジャンパーって死語らしい。ズボンはパンツと言い換えるのが今の主流であるのだとか。おいおい、じゃあ下着のパンツはどうなるんだ。パンツの気持ちも考えろよ！

「吉村、次行っていい？」

「は！　あ、うんっ、もちろん！」

パンツよお前はもういい、私の頭の中から出て行ってくれ。

水槽から離れたあとは、小さな水槽が延々と続いていた。小さいがゆえに、私達は顔を近づけないと一緒に観賞することができなかった。至近距離で目が合い、弾かれたように仰け反ること数回。

こ、これがデート先に水族館が高確率で選ばれる理由だったのか……！

水族館の恐るべきポテンシャルに驚愕しているうちに、ようやく目玉である大水槽が見えてきた。握った手がはじめに比べると熱いのは、緊張しすぎた私の熱が上がったのか、それとも岩迫君のせいなのか、両方だと気が楽なのだが。

「ジンベイザメだ！」

男子は大きなものに惹かれると言うが、岩迫君もその例に漏れなかったようだ。３６０度、どの角度からも見られる大水槽に向かって走り出した岩迫君に遅れまいと私もついていく。

「でかい！　これでまだ子供なんだって！」

四角い大水槽の中をぐるぐると遊泳するジンベイザメ。腹の下には小さなサメがくっついていて、私の興味はむしろそっちに向けられた。

あんなふうにして絶対的な強者の下で平和に暮らしたいものである。

十六にして枯れていると自覚している私は、ジンベイザメにぴったりくっついてもはや自分で泳いですらいないコバンザメに憧憬と呆れの視線を送った。

魚を追いかけていた視界に、ふいに馴染みのある顔が入ったのは、油断でもしていたのかコバンザメがべりっと剝がされた瞬間だった。

「うわー、あそこになんか五味に似た魚が泳いでるー」

「え？　あ、ほんとだ。すごく五味に似てる！　……いや、あれは魚じゃなくて五味本人だろ」

岩迫君に甲斐君並みのツッコミを期待してはいけなかった。

ちょっとがっかりしつつも、もう一度確認してみる。やはり間違いない、反対側から大水槽を覗きこんでいるのは、後輩の五味貴志であった。

じっと見ていたのがいけなかった。分厚いガラスと海水越しに、五味と目が合ったのが分かった。

そしてヤツは、仲間にしてほしそうにこちらを見ている！

「い、岩迫君、行こう。ここにいたら駄目な気がする！」

繋いだ手を引っ張って、この場を離脱することを選んだ私の判断は、後から考えてみても間違っていなかった。

しかし五味の動きのほうが圧倒的にすばやかった。大水槽を反対側から回り込んでくると、テニス部で鍛えたフットワークで人ごみを器用にすり抜け、逃げようとしていた私達の前に立ちはだかったのである。

「リホ先輩！　なんでここに!?」

訊きたいのは私のほうだ。こんな偶然ほしくなかった。

今のこの状況をどう説明する。手を繋いで水族館に来ている私達の事情を。

ダラダラと心の冷や汗を流す私、一方岩迫君は平然としていた。なんでだ。

と、そのとき、突然五味が覆いかぶさるように私の両肩を摑んできた。ひっ、と悲鳴を上げたのは、目の前の五味の顔があまりにも怖かったからである。

「おい、五味っ」

引き剝がそうとする岩迫君をものともせず、五味はずずいと顔を近づけてきて、

「お願いします！　俺を助けてください!!」

と涙目で言った。

8 五味貴志という後輩

五味貴志という後輩ができたのは、私が二年に上がってからひと月が過ぎたころだった。熾烈な部活勧誘はすでに終わり、我が漫画研究部はマリちゃんとメグっぺという二人の新入部員を迎えていた。二人とも入学式から一週間ほどで入部届を出しており、共通の話題には事欠かなかった私達はすぐに打ち解けていた。

部員は全員女子である。過去には男子部員もちらほらといたようだが、その存在は歴代の部誌にその名前だけが残されているのみだ。

漫画研究部の部室は旧校舎の今はもう使われなくなった生物化学準備室にある。スペースの半分は古くなった実験器具やホルマリン漬けが入った棚が並び、私たち部員は窓際の一角で活動をしていた。

新校舎に移っていった生物と化学の教師が残していった備品の中には、ガスコンロやヤカン、中にはフライパンもあった。あとは寝具さえあれば住むこともできると言ったのは部長の幸子先輩だった。新設された部活棟に移っていった運動部だって、ここまで恵まれた環境にはいないんだからねっ、と勧誘の際に必死に言っていたのも部長である。

三年生の部員は幸子先輩と吹奏楽と兼部のトモ先輩、二年生は私とキタちゃん、一年生はマリちゃんとメグっぺ。二人ずつの計六人。五人以下なら同好会に格下げである。なんとか命を繋いだ漫研だが、来年はどうなっているかも分からない先行き不安な状態だった。

それでも放課後、部室に顔を出せば、トモ先輩以外の全員がそろっていた。イチオシの漫画や、コンビニで買ったお菓子を持ち寄って。ろくな活動をしていないと指摘されたら反論はできなかったが、バリバリの活動をしていたらそれはそれで漫研に人は集まらなかった気がする。

「ねえ見て見て！　これ今度の衣装なんだけど、どう？　変じゃない？」

幸子先輩がコスプレ姿で登場した。準備室内で着替えができるのも女子しかいない気安さからである。

「部長、すごい！　本物みたい！」

コスプレイヤーの幸子先輩が、まんざらでもない顔でポーズをとる。自前の金髪とドレスを模した戦闘服が、キャラクターそのままで、私達はお世辞でもなんでもない賞賛を送った。

「この剣、まさか幸子先輩が作ったんですか？」

「これはね、クラスの男子が作ってくれたの。私が今度このキャラのコスプレするって言ったら、家で作ってきたから使ってほしいって」

「先輩の信者って……」

すごすぎて逆に引く。

まさか本物であるはずがないレプリカは、非常に軽く材質も発泡スチロールだったが、ぱっと見では分からないほど精巧なつくりをしていた。これを制作した男子高校生の熱意と先輩への愛情が垣間見えるようであった。

「あれ、でも会場は長物禁止じゃないですっけ」

「うん。だからこれは撮影用に持つやつなんだ」

剣を振りかぶってキメポーズをとる先輩は、ここが酸っぱい匂いの漂った準備室でなければもっとときまっていただろうに。

「あの、幸子先輩、写真撮ってもいいですか？」

メグっぺがスマホ片手におずおずと進み出た。遠慮がちに、けれど期待を込めて。そんな後輩の可愛いお願いを、先輩が断れるはずがない。

「キャー先輩ステキー！」

「今度は目線こっちにお願いします！」

「こう？　こう？」

スマホのわざとらしいシャッター音が鳴り響く部室は、撮影会の場と化していた。ノリノリの幸子先輩が動くたびにドレスのスカートが翻る。下からのアングルを狙った私（決して下着を撮ろうと思ったわけではない）の耳に、そのとき控えめなノックの音が届く。

「はーい」

準備室のドアから一番近かった私が訪問者を出迎えに行くと、外に立っていたのは漫研顧問であった。

古典担当の通称おじいちゃん先生。髪の毛は真っ白で、喋り方はとてもゆっくりだ。ちなみにおじいちゃんと言っても、まだ六十代で、本人からしてみればその渾名は不本意だろう。けれど彼はいつもニコニコしていて、おじいちゃん先生と生徒から密かに呼ばれていることを知っていてもなお微笑んでいるような穏やかな人だった。

「藤森先生、どうしたんですか？」

「吉村さん、朗報ですよ」

常にご機嫌よさそうな先生の顔がいつも以上に嬉しそうである。彼の糸のように細い目が隣にずれるのにつられて、私も同じ方向を見た。

エナメルの大きなスポーツバッグを肩から提げた男子生徒が、心細そうな顔で立っていた。短く切りそろえられた髪に端整な顔立ち、背は高いほうで、もちろん見覚えはない。

誰ですか、という私の疑問に、先生は満面の笑みで答えてくれた。

「入部希望の、五味君です」

「助けてくださいって、あんた何言ってんの？」

水族館でばったり出会った五味は、普段のオトボケぶりがなりを潜め、随分と意気消沈しているように見えた。

「俺、俺、もう」

それきり黙りこみ、私の肩に顔を埋めて何も言わなくなる。

後輩の行動にぎょっとしたが、突き放すのはなぜか可哀想な気がしてできなかった。殴るつもりで上げた右手を五味の背中に置き、ぽんぽんと宥めるように叩いた。

「五味、落ち着け。何があった」

「五味ぃ！　お前なにしてんだよ！」

私と違って岩迫君は容赦なかった。五味の襟首を掴むと、首が絞まるのも構わず強引に引っ張った。

「嫌っス！　いやぁあああああ」

「嫌じゃねえ！　先輩の命令が聞けないのか!?」

「今部活じゃないし！　サコ先輩に命令する権限はない！」

「まあまあ岩迫君、ここはちょっと五味の話を聞いたほうが」

「なんでこいつの味方すんだよ！　吉村は今、俺とデートしてるって自覚ある⁉」

至近距離で詰め寄られて、顔に熱が集中するのが分かった。ぎこちなく首を縦に振りかけ、はっとする。

「い、いや、これはデートじゃないし」

「はぁ？」

「一緒に遊びに来ているだけですし……」

岩迫君の愕然とした表情から視線を逸らすと、五味と目が合った。

「デートって、どういうことっスか？」

「違う違うデート違う」

「デートだから！」

「どっちですか」

岩迫君の恨みのこもった視線が痛い。でも待って、遊びに行く約束したとき、ひとこともデートだなんて言ってなかったよね？

「あー！　タカ君いた！　もうっ、置いてかないでよ！」

知らない少女の声がして、直後に私の体に密着していた五味が、びくりと震えるのがはっきりと分かった。

「きっ、来たっ、」

五味はそそくさと後ろに回ると、私の背中に隠れるようにして身を縮めた。そして私の服の裾を掴みながら、

「俺はいないって言ってください！」

と訴えた。

いやいや無理があるだろう。呆れきった表情を浮かべたのは岩迫君も同じだった。どうせ隠れるなら彼の後ろにすればいいのに。

少しして、同い年くらいの女の子が小走りでやってきた。

「タカ君、何してるの？」

おそらく五味に向けられているであろう台詞に、本人は無言だった。隠れていられるとは思っていないらしいが、男らしくないぞ、五味。

「あの、タカ君のお知り合いですか？」

「はあ、まあ。同じ高校の先輩ですけど」

「そうなんですか！　いつもタカ君がお世話になってます！」

少女はとてつもなく素敵な出来事だというように、パチっ、と胸の前で手を叩く。綺麗に手入れされた爪が照明に反射してキラキラと輝いているのが見えた。

「タカ君、ほら、いつまでそうしてるのよ。先輩にご迷惑でしょ？」

渋っていた五味だったが、ようやく観念して私の後ろから顔を出した。でも服の裾は摑んだままで、少女とはがんとして目を合わせようとはしなかった。

「五味？」

「リホ先輩は、俺の味方ですよね」

「まあ、敵ではないと思うけど」

「じゃあ俺が困ってたら、助けてくれる？」

後ろを振り返ると、五味がじっとこちらを見下ろしていた。その表情には見覚えがあった。前の顧問である藤森先生に連れられて、初めて漫研の部室にやってきたときの顔だ。

受け入れてもらえるか不安だったのだと、入部してひと月くらい経ってから五味は言った。お調子者で空気が読めない、五味に抱いていた印象を、私は少しだけ改めたのである。

「いいよ、助けてあげる」

なんだかんだ言って、五味は可愛い後輩だった。

私の返答に安心したのか、服の裾を摑んでいた指が離れる。背後から出てきた五味は最初よりも随分と余裕を取り戻した顔をしていた。

「アカリ」

ようやく自分を見てくれたことに安心したのか、少女の不安げだった顔がぱっと明るくなる。いわゆるアヒル口と呼ばれる口元をした彼女は、笑うと片方だけに笑窪ができた。中身はともかく見た目だけは美少年の部類に入る五味と並べばお似合いの美少女だった。

「置いていってごめん」

「ううん、いいの！　さ、行こっ、タカ君」

一直線に駆け寄ってくるアカリちゃんを、五味はひらりと避けた。

……なぜ避ける。

「じゃ、行きましょうか！　リホ先輩、サコ先輩！」

「は？」

「え？」

避けた体勢からなぜかくるりと一回転したヤツは、流れるような動作で私達の背後に回るとがっしりと肩を組んだ。そして言われたことの意味が分からずぽかんとしている私と岩迫君の間から顔を出すと、今度はもっととんでもないことを言い放った。

「ダブルデートしましょう！」

助けてあげると言ったけど、あれやっぱり撤回していいかな。だからデートじゃないって言ってんだろ！

視線の先では再度ジンベイザメにくっつくコバンザメの姿があった。どうやら私には、彼のような生き方はとうぶん無理であるらしい。

9 蓼食う虫も好き好き

「来年、春日坂を受験するんです」

水族館内の休憩スペースはカフェが併設されており、壁に埋め込まれた水槽が実にオシャレな空間だった。四人掛けのテーブルに座った私達は軽く自己紹介をしあった。そこで分かったのは、アカリちゃんこと椎名朱里ちゃんは中学三年生、受験生だということだった。

「へえ、そうなんだ。じゃあ来年は後輩になってるかもしれないね」

「はい、先輩！」

なんちゃって、とはにかむ彼女は中学生には見えないくらい大人びていた。それは化粧の仕方やファッション、年上に物怖じしない態度にあるのだろう。相手が誰であろうとペースを崩さないところは、五味とどこか似ていた。

「来年は倍率高いって聞くからどうだろうなあ」

「もうっ、タカ君の意地悪！」

唇を尖らせて抗議するアカリちゃんを見て、少女漫画の主人公みたいだと思った私だったが、五味はうんざりとした顔で一瞥しただけだった。

二人は幼馴染みだと聞いたが、長年一緒にいると兄妹に近い感覚になってしまうのだろうか。しかし妹だと思っていたら一人の女だった、なんていうのはよくある話である。実際、アカリちゃんは五味を一人の男として見ているのは間違いなかった。

熱のこもった視線は常に五味だけに注がれていて、魚を見るフリをして、本当は水槽に映った五味の姿を見ているのは私でも気がついた。当の五味本人がそれに気づいていない筈はないのだが、視線が合ってもまるでそっけない。

五味らしくない態度のせいで、先輩二人はさっきから居心地が悪い。アカリちゃんを放置して、こっちにばかり話しかけてくる後輩に、何度も目だけで訴えたが効果はまるでなかった。

「ねえ、岩迫君、なんか五味が変だよね」

「うん。いや、いつも変なんだけど、今はらしくないっていうか」

「だよね。アカリちゃんと何かあったのかな？」

「分かんないけど、たぶん」

向かいでこそこそと喋る私達を、五味が仲間はずれにされたような顔で見てくる。アカリちゃんは何かに気がついたように私と岩迫君の顔を交互に見ると、やがておずおずと訊いてきた。

「あの、もしかしてお二人は付き合ってるんですか？」

「え」

「あ、それは、」

「この二人は付き合ってない！　ただのクラスメイト！」

「おい五味っ、なんでお前が言うんだよ！」

体育会系らしくそのスキンシップは激しい。五味の首に腕を回すと、岩迫君は乱暴に引き寄せて拳でぐりぐりとこめかみをえぐった。

「やめてくださいよっ」

「お前、生意気！　明日は覚えとけよ！」

もつれ合う高校生男子たち……い、いかんリホコ、邪なフィルターを外せ！　岩迫君は仮にも私を好きだと言ってくれている男子なんだぞっ、それなのに私の性癖の餌食にするなど恥を知れっ、恥を！

「二人とも、周りに迷惑ですよ！　タカ君も、先輩に生意気な口きいちゃ駄目でしょ！」

引き離される二人を見た私は決して残念無念な顔などしていない。していないったらしていない。

こんなんだから恋とかできないんだよ。なんだもう脳みそ取っ替えないとダメなのか？

「じゃあお二人は付き合ってないんですか？　なんだ、すごく仲良かったから、私ってばてっきり」

「いや、まあ、俺もそうなったらいいなあと思ってるんだけど」

「ちょっとやめてくれませんか。ほんと、やめろ」

アカリちゃんが驚いたように目を見開いて、そしてキラキラした目で私を見てくる。人の恋路は面白いってやつかね、やめて、根掘り葉掘り訊こうとしないで！

「サコ先輩、デリカシーなさすぎ。リホ先輩が困ってるじゃないっすか」

「ご、五味、」

「アカリも、そうやってすぐ他人の事情に首突っ込むのやめろよ」

あ、ありがたい。ありがたいんだけどな、五味。

さっきより場の空気が微妙になってるんだが……。

私にできることといったら、引き攣った笑いを浮かべて少しぬるくなったラテを飲むことだけだった。ゆっくり飲もう。これがなくなったら私にできることは、何もない。

「……どうして？」

ぐす、と洟を啜りながら、アカリちゃんが言った。

「タカ君、なんでそんなに私に冷たくするの？」

唇を噛み締めて、アカリちゃんは必死に涙を耐えていた。

さらに悪くなった空気に動揺した私はラテと一緒に盛大に空気を飲み込み、ごきゅっ、と場違いな音を立ててしまった。

五味、なんとかしろ。とりあえず謝っとけ。

でも私は知っている。五味は、無意味に他人を傷つけるような男ではない。だから何も事情を知らない私が今言えることなど何ひとつないのだ。

沈黙が続く。それを打破したのは、アカリちゃんだった。

「私、私ね、タカ君のことが」

ちょ、待て、まさかここで告っちゃうのか⁉

最近の中学生はどうなってんだ、と私が嘆いたとき、五味がはあとため息をついた。

「それ、前にも聞いたから今言わなくていい」

「タ、タカ君っ、」

「答えも同じだから、俺も言わないし」

アカリちゃんの顔がぐにゃりと歪む。あ、ダメ、泣いちゃう。

──かと思いきや、アカリちゃんは顔を上げ、五味をキッと睨みつけた。

「私のどこが嫌なの⁉」

ハンカチを取り出しかけた私はすごすごと手を元の位置に戻す。

どうやらアカリちゃんは覚醒モードに入ったようである。

「私、料理もできるほうだし、勉強と運動だって成績いいよ？　中学じゃ告白されたことも何回かあるけど、全部断ったっ、だってタカ君が好きだもん！」

言っちゃったよ。

私と岩迫君は同時に後輩を見た。五味は、だ、だらけている！　だらけているだと⁉　頬杖ついて女子中学生の愛の告白を聞いてやがる！

「ねえ、なんで⁉」

しかしアカリちゃんは怯まない。これが恋は盲目というやつなのだろうか。こんなやる気ゼロな男相手によくもまあ恋の炎を燃やせるもんだと私は戦慄すら覚えていた。

「だってお前、萌えないもん」

「またそれ⁉」

激しくテーブルを叩く彼女に盛大にビビったのは私だけではない。周囲のお客さんの視線が一気に集まる。隣の岩迫君も硬い表情でことの成り行きを見守っていた。

「アニメとか漫画とか、いい加減卒業しようよ！」

「げふんっ」

「吉村⁉」

流れ弾が飛んできた……だと⁉

衛生兵、衛生兵！　吉村二等兵が負傷しました！　現在胸に大穴が空いています！　至急、治療薬を！　漫画、及びＤＶＤをお願いします！

「萌えとかワケ分っかんない！　タカ君、なんでそんなに格好良いのにアニメばっかり観てるの？　そういうのオタクっていうんだよ？」

こ、れ、か──────！

五味のらしくない態度の理由、アカリちゃんをずっと拒絶していたのは、これが原因だったのだ。

今までの疑問が一気に氷解したが、今度は別の意味での居心地の悪さがじわじわとやってくる。この先の会話を聴きたくない。私にとっても重大なダメージを負うであろうことは明白である。

でも私、ここにいなきゃ駄目だ。五味の傍にいてやらないと、駄目だ。

「俺が何を好きかなんて、俺の自由だろ」

「でも変だよ！　タカ君みたいな人がそういうの趣味にしてるなんて絶対似合わない！」

それは違うぞ、アカリちゃん。

格好良いからアニメ観ちゃ駄目って、そんなの理不尽だ。

「だったら何をしてたら五味に似合ってるの？」

「吉村先輩？」

思ったときにはもう声に出していた。突然会話に入り込んできた私に、アカリちゃんは一瞬不機嫌な表情を浮かべた。邪魔しないで、という目を向けられたが、ここでこんな会話を始めたのは君が先だ、私は悪くない。

「アニメとか漫画が駄目で、じゃあ何してたらアカリちゃんは許せるの？」

「テニス、です。テニスしてるタカ君は、格好良いです！」

「ふうん。アニメと漫画が好きな五味は格好悪いから嫌なんだね」

「格好悪いとか、そこまでは、言ってないですけど、」

「アカリちゃん、その服すっごく似合ってるね」

「は？」

突然の話題転換にアカリちゃんは戸惑っていた。私は無理矢理貼り付けた笑みで言った。

「お化粧も上手。オシャレさんだね。他に好きなことはある？」

「な、何言ってるんですか、」

「あ、料理ができるって言ってたよね。でもその爪、すごく綺麗なのに、料理なんかしたら傷がついてしまわない？　料理なんてやめたほうがいいよ」

「わ、ワケ分かんない、何それ、私も同じこと言ったでしょって、そう言いたいんですか」

「そうだよ。アカリちゃん、頭いいね。来年はきっと春日坂に受かるよ」

「馬鹿にしてるんですか!?　料理とファッションは、アニメとは全然違うじゃないですか！」

「そうかなあ。料理もファッションも個人の趣味だよね？　オシャレな人は服に気を遣うし、料理好きな人は材料買ってきて作るでしょ？　でもそうじゃない人は、例えば私なんかは、服はこれでいっかってなるし、料理がめんどくさいときはカップラーメンにするよ。でもいいの、だって趣味じゃないから」

よく最近の若者は同じ服ばっかり着ていて個性がないって言う人がいる。でもすべての人間が服で個性を表現しているわけじゃないんだから、その言葉はまったくの的外れだ。みんなと同じ服を着ていたって、別の分野で個性を発揮している人はいくらでもいる。みんながみんな、オシャレでいてたまるか。

「ねえ、アカリちゃん。勝手に分類しちゃ駄目だよ」

これはいいけど、あれは嫌。自分で思うだけなら許されるけど、それを他人に押し付けるのはマナー違反だ。

アカリちゃんが不満そうに見つめてくる。ぎりぎり睨み付けていないのは、私が来年には先輩になる人だからだろうか。

「そりゃまあたしかに、アニメとか漫画が好きっておおっぴらには言えないよ。アカリちゃんみたいに、変な人って思われたり引かれたりするってこと、私達はよく分かってるし。でもさ、他の趣味に比べて劣ってるとは思ってないよ」

「……吉村先輩も、オタクなんですか」

「うん、そうだよ。漫画研究部に入って、漫画を描いてる」

「じゃあ、テニス部のマネージャーとかじゃないんですか」

「全然違うね」

アカリちゃんの視線がいっそう厳しくなった。もし今までの愛想のよさが私がテニス部に関係していると思われているせいだったとしたら、とても悲しい。

「アカリちゃんが好きな五味と、本当の五味は違うんだよ。同じじゃなきゃ嫌だから、好きなものを捨てろって言うのはちょっと乱暴じゃないかな」

「私はっ、タカ君のためを思って！」

「それ本気で言ってる？　五味のためじゃなくて、アカリちゃんのためじゃないの？」

「わ、わたしは、」

アカリちゃんの目に、じわ、と涙が盛り上がる。

途中から言い過ぎてしまっているのは分かっていたけど、実際泣かれるとあれだな、胸が痛い。岩迫君がやり取りをずっと黙って見ている。年下の女の子を追い詰めてる私をじっと見つめて、でも何も言ってこない。嫌われるかな、幻滅されるかな。

でも私、謝らない。ここで謝るとか訳が分からん。説教ぶっといて「ごめん」なんて、あとで責められないための保険みたいなもんじゃん。もうここまできたら最後まで悪者になるしかない。

「俺は、アニメとか漫画好きには見えないって言われるのがすっげえ嫌だった」

「タカ君？」

黙っていた五味が、突然口を開いた。

「そうやって勝手にイメージ付けされて、好きな話できないのが苦しかった。他人に趣味を決めつけられるような自分の顔が嫌いだった」

「五味……」

「でも、リホ先輩が言ってくれた言葉で、俺は吹っ切れることができた。似合わないって言われても、前より苦しくなくなった」

五味は過去を思い出すように目を閉じた。その表情はどこか切なげで、私までなんだか胸が苦しくなる。

が、しかし、やはり五味は五味だった。

「リホ先輩、覚えてる？　先輩、言ってくれたよね。『五味、あんたそれはギャップ萌えって言うんだよ！　オイシイなおい！』って」

……言ったね。言っちまったね。

台無し！　台無しだよ、これ！

五味、お前馬鹿だろ！　せっかく私が構築したシリアスな雰囲気をいとも簡単にぶっ壊しやがって。見ろ、アカリちゃんを。こんなときどんな顔をしたらいいのか分からないの状態になってるじゃないか。

「あのぉ、お客様？」

「は、はい!?」

ここで天の助けが舞い降りた。

勢いよく振り返った先には、申し訳無さそうに店員が立っていた。混んできたからそろそろ席を譲ってほしいとのこと。

その申し出に飛びついたのは言うまでもない。

「ハイヨロコンデー！　ほら行くよ、皆！　立って立って！」

ほとんど飲んでいなかった残りのラテを一気に飲み干す。冷たくなったそれは、もちろん美味しくもなんともなかった。

水族館を出るころには、正午を大分回っていた。予定ではこれからランチに行って、近くの商業施設をぶらぶらと歩くことになっている。てっきり五味もついてくるかと思いきや、このままアカリちゃんと一緒に帰るらしい。

「リホ先輩、ありがとう。本当は今日、俺を助けるために来てくれたんですよね」

「んなわけねーだろ！　うぬぼれんな！」

「えへへ！　せんぱーい！」

「うざっ！　触るな！　つつくな！」

アカリちゃんが大人しくなったからって調子に乗りやがって。お前の戦いはこれからだっつーの。この子が同じ高校に入学しても、私もう助けてやんねーからな。

躾のなってない犬みたいに纏わりつく五味を岩迫君が羽交い締めにしている間、アカリちゃんが近づいてきた。

カフェを出てからずっと、アカリちゃんは私を見ていた。正確には、私達を。

「訊きたいことがあるんです」

最初に比べて随分としおらしくなった彼女だったが、眼光の鋭さは増すばかりで正直ちょっと怖い。お土産に買ったカワウソのぬいぐるみだけではディフェンス面に心配が残る。

「吉村先輩。もし岩迫先輩に、漫画を描くのをやめてほしいって言われたらやめますか?」

「やめないよ」

というか岩迫君はそんなこと言わない気がする。

「じゃあ岩迫先輩。吉村先輩が、その、オタクでも、好きですか?」

全身が強張るのが分かった。何も本人の前で訊くこたねーだろと。

さっきの仕返しに違いないと思った。走って逃げ出す前に、岩迫君が言った。

「好きだよ」

強張った体がじっとりと汗をかくのが分かった。今日はカナが香水をかけてくれていて本当によかった。

「嫌じゃないですか? アニメとか漫画とか、幼稚だって思いませんか?」

「個人の趣味に口出しするつもりはないよ。自分がされて嫌なことは他人にもするなって言うし、ね？」

岩迫君から若干黒めのオーラが出ているのは気のせいだろうか。

気のせいだな。うん。こんなギャップ萌えいらない。

「彼女がオタクだって、他の人に馬鹿にされても、ですか？」

「ああそっか、椎名さんはそれで自分が傷つくのが嫌だから、五味にオタクやめろって言ってたんだ」

アカリちゃんが唇を噛んで俯いた。出会ったときにツヤツヤしていた唇は、今はグロスがほとんどとれて輝きを失っていた。この子はもう何度もそうやって唇を噛んでいたんだ。

「俺はその逆だよ。吉村が傷つくほうが嫌だ。俺が馬鹿にされたりしたら、きっと吉村は傷つくだろうから」

「そう、ですか」

「って、俺たちまだ付き合ってもないんだけどな」

岩迫君がどこか挑戦的な目で私を見てきたので、私は顔ごと視線を逸らしてしまった。子供っぽいのは分かっているが、あれを正面から受け止める度量も覚悟も今の私にはまだない。

「なあ、椎名さん」

「……はい、」

「誰かを好きになるって、大変だよ。最初はいいところばかりが見えるけど、だんだん嫌なところも見えてくる。本当に好きなのかな？　って思ってくる。だからってその嫌だなって部分を無理矢理排除しようとしたら駄目だ。そんなことしたら、その人はもう自分の好きな人じゃなくなっちゃうよ」

「嫌なところ、あるのに好きなんですか」

「うん。吉村って一旦夢中になったら他が見えなくなるし、都合の悪いことは聞かなかったことにしようとするし、好きって気持ちが分かんないって言うし、ほんと俺なんでこんな子好きになっちゃったんだろうって今でも思ってるけど、好きだよ」

これは公開処刑か。

おい五味、会話に飽きたからって買ったばかりの土産を漁るな。先輩を守れ。

「ああやって耳なんか塞いじゃってるけど、でもそういうところとかも最近じゃ可愛く思えてくるんだ」

「岩迫先輩の趣味、はっきり言って理解不能です」

「椎名さんもたいがい変だよ。五味が好きって、正気なの？」

「笑わないでください」

途中からカワウソのぬいぐるみをぐるっと頭に巻いて会話をシャットアウトしている私を笑っているのだろう。くそう、でもやめない。やめるものか。

「椎名さん、もっと大人になったほうがいい。そうじゃないと、オタクでもいいから五味が好きって女の子があらわれて、横から掻っ攫われちゃうからな」

「そういう岩迫先輩こそ、吉村先輩を誰かにとられないように気をつけたほうがいいですよ。ああいう地味でぼけっとしたのに限って、変にモテることがあるんですから」

「それはよく分かってる」

なんかすっごい私のことを言われている気がするんだけど！　なんだあの表現しがたい微妙な表情は。そんな顔で私を見るな。あーもー早く終わんねーかなー！

「なんかぐるぐる回り始めましたよ」

「うん。可愛いなあ」

「……タカ君！　もうっ、それお土産でしょ!?　食べてどうするのよ!!」

あ、終わったらしい。

アカリちゃんが一瞬、岩迫君のことをマンボウを見るときみたいな目で見た気がするが、何だったんだろうか。

魚を模したクッキーを貪り食っていた五味を叱り飛ばすと、アカリちゃんは服についた食べかすをべしべしと払い落としていた。

その姿に、最初のときとはまた違った印象を受けた。五味の前ではどこか取り繕ったところのあった彼女は、相手に対してだけではなく、自分にも無理を強いていたのかもしれない。

「吉村、お腹空いた」

「あ、うん」

手を差し出されて自然とそれを握った私は、五秒後、大量の汗をかいていた。

これはもしかして調教というやつでは……？

隣の岩迫君を盗み見ると、彼は随分とご機嫌で繋いだ手を振っていた。

10 萌えたら負けだと思っている

「もうやだ！　もうやだ！　もうやだあああ!!」

突然ひとの部屋に入ってくるなりべえべえ泣いているのは、イモウト目ワガママ科カナコという。その習性は凶暴にして気まぐれ、アネ目オタク科リホコに対しては容赦がない。

「ちょっとカナちゃん、お姉ちゃん宿題やってるんだけども」

「うわあああああん！　うわあああああん！」

「ちょっと聞いてんの？　泣きたいなら自分の部屋で泣けよ」

「ぎゃあああああああん!!」

花も恥じらう女子高生が怪獣みたいに泣くってどうなんだ。もうちょっと可愛らしく泣いてくれりゃあ、慰めの言葉のひとつやふたつ掛けてもいいんだが、怪獣だからな、たぶん通じないぞコレ。ああもう鼻水垂れてる。

「ほれ、ティッシュここに置いとくから」

泣き疲れたら自然と巣に戻るだろう。私はまず英語の宿題を済ませないといけない。

ただでさえ苦手なのに長文作成なんて苦行もいいところだ。ALTの先生の毎度クレイジーなテンションにはついていけないし、英語担当の穂積先生の「アーハン」がセクシーすぎて授業に集中できないしで、数学と比べるとテストの成績はよろしくないのだ。提出物で少しでも点数を稼がなくては。それにしても英語で自己紹介って何を書けばいいんだよ。

「とりあえず、私は眼鏡をかけています……アイ、ハブ、メガネ……」

「うえええええ、ぶえええええ」

「うーん、ハブじゃないな。装着する？　いや、でも眼鏡は体の一部と言っても過言ではない……アイアムメガネ？　お、これじゃね」

「リホのばがあああぁ！」

「って、メガネは英語じゃないか。ヘイ、シスター、ものを投げるな」

構ってほしいのならそう言え。

英語の宿題を一旦置いて後ろを見ると、カナはクッションを抱きしめてこっちを恨みがましそうに睨みつけていた。鼻はかみすぎて真っ赤に腫れていて、そのせいかいつもツンとすましている顔に今だけは愛嬌がある。

「で、どうした？」

椅子に後ろ向きで座ると妹を見下ろした。泣き腫らした目で上目遣いに見つめてくるカナはふてぶてしい顔を不意に歪ませる。お気に入りのクッションに、ぼたぼたと涙が落ちた。

「泣いてちゃ分かんないでしょうが。カナってさ、もしかして泣き虫？」

「ちがう、もん、」

違わないだろう。前に一緒にショッピングに行ったときも、今みたいに泣いていたじゃないか。あのときはたしか二ツ木少年のことで、カナは胸を焦がすあまりに涙を零したのだ。

「もしかして今回も二ツ木少年絡み？」

当てずっぽうで言った台詞は、どうやらドンピシャだったらしい。彼の名を出した瞬間、カナはクッションに顔を押し付け、くぐもった嗚咽をもらした。

「……誰かに何か言われた？」

カナの肩がひときわ大きく震えた。私の口はへの字に曲がった。

「もう気にしないって決めたんじゃなかったの？　自分に自信持って、二ツ木少年をオトすんでしょ？」

「でも、」

「考えるな！　感じろ！　ドントシンク！　フィール!!」

「でも！　話しかけないでって、言われたの……二ツ木に」

「へ？」

啞然とする私の目の前で、カナのか細い泣き声がクッションに吸い込まれていった。

翌日、授業が終わった私は急ぎ足で駅に向かい、電車に乗り込んだ。三駅乗って下車した駅の改札口には、妹のカナが立っていた。

「リホ、こっち！　もう遅い！」

学校から走ってきたのにこの言い草。ジト目で改札をくぐった私の腕をひっぱり、カナは駅の構内を出た。

「どこ行くの？」

「ゲームセンター。二ツ木は習い事に行く前に、ここでちょっと遊んでくの」

歩いて五分くらいのところにある商業施設に足を踏み入れたカナは、迷うことなく入り口近くの階段を上った。一階はカラオケやボウリング場で、ゲームセンターは二階にあるらしい。

自動ドアが開くと、中は騒音の世界が広がっていた。

「二ツ木、どこかな……ってリホ！　なに太鼓叩いてんのよ！」

「ちょ、待て、イケる！　今日こそパーフェクト狙える！」

「ふざけんな、遊びに来たんじゃないんだよっ」

あとちょっとというところでゲーム機から引き剝がされた。チッ、今日ほど調子の良い日はなかったというのに。

「私はこの辺りを探すから、リホは向こうのフロア探してきてよ」

「見つけたらどうすんの？」

「電話かメッセージで教えて。できれば外に連れ出してほしい」

「へいへい、分かったよ」

ひとりじゃ告白できずに友達についてきてもらう女子を思い出す。カナはまさにそれで、ひとりではもう二ツ木少年に話しかけることさえできないほど臆病になっていた。

私が首を突っ込むことではない気がするが、お姉ちゃんついてきて、と言われたら協力せざるをえなかった。二ツ木でも三ツ木でもかかってこいや、と安請け合いした私は完全に妹の下僕です本当にちくしょう。

私が『お姉ちゃん』という単語に弱いことをカナは気づいているようだ。だが私は決して妹萌えではない。まあ最近、ちょっとは可愛いな～とは思うのだが、違うったら違うのである。

心の中で言い訳しながら、ゲームセンター内にいるであろう二ツ木少年を探した。客のほとんどが私と同い年か、二十代の男性ばかりだ。中には制服姿の学生もいて、しかも見るからにガラがよろしくない。目が合うと値踏みするような視線を向けられたので、慌ててその場を歩き去った。

ほどなくして、クレーンゲームの前にいる二ツ木少年を見つけた。私は背後から近づき、彼の斜め後ろに立った。

すぐに声を掛けなかったのは、クレーンの操作中だったからだ。明らかにクレーンでは摑めない大きさのぬいぐるみをどうやって取るのか興味のあった私は、息を殺して見守った。

やがて何もないところで広がったクレーンがぬいぐるみを穴へと押し出した。なるほど、そうすればいいのか。

「よっしゃ！」

「おめでとう、二ツ木少年」

クレーンゲームのガラスに映った彼と目が合った。にやっと笑った私に対し、二ツ木少年はたいそう驚いた顔をしていた。振り返った彼とガラスを介さずに視線が合うと、もっとびっくりされた。

「吉村のお姉さん？」

「久しぶり。文化祭で会って以来だよね」

「どうしてここにいるんですか」

「まあそれは追い追い話すとして、景品取らなくていいの？」

戸惑うばかりで動こうとしない彼に代わって、ぬいぐるみを拾い上げた。有名なゲームのマスコットキャラだ。

「すごいね」

「よかったら、もらってください」

「なんで？　せっかく取ったのに」

「取るのが好きなだけなんです。だから取ったら誰かにあげてるんですよ」

「じゃあ遠慮なくいただこうかな。ありがとう」

あとでカナに渡るけどね、という言葉は言わなかった。

「ねえ、話したいことがあるんだけど、時間はあるかな」

「……はい、ちょっとだけなら」

腕時計を確認した二ツ木少年は、困ったように私を見た。彼はどうして私がここにいるのか、知っているような気がした。


ゲームセンターから二ツ木少年を連れ出し、近くのカフェに入った。誘ったのは私のほうなので、彼の分の飲み物も買って席に着いた。奢ってもらってひたすら恐縮する二ツ木少年の向かいに座った私は、単刀直入に切り出した。

「どうしてカナに話しかけるなって言ったの？」

「……やっぱり、そのことなんですね」

「まあ私、お姉ちゃんだからね。妹に頼られたら断りきれないんだよ」

熱々の抹茶オレにそっと唇をつけて少しだけ口に含んだ。思った以上に甘すぎるそれに顔を顰めていると、二ツ木少年は弱々しい笑みを浮かべた。

「大した理由なんかありません。吉村、目立つから。一緒にいると俺まで注目されて、それが嫌なんです」

「ふうん」

「そんな理由で、って怒らないんですか」

「いや、気持ちはよく分かるよ」

小、中、と暴風雨並みの兄の影響力に晒されてきた私には、二ツ木少年の言葉の意味が理解できた。けれど。

「違うでしょ」

「はい？　何がですか」

「カナを突き放したのは、それが理由じゃないでしょ」

二ツ木少年が息を呑んで身じろいだ。コーヒーに手が当たり、中身が少し零れる。さらに動揺した彼の視線が、テーブルと私の顔を何度も往復した。

「ねえ、本当のこと教えてよ。カナには絶対に言わない」

「……嘘なんて言ってません」

「そんな罪悪感たっぷりの顔で言われても信じられないって。それに、カナも納得しないと思うけどな」

「そのうち俺のことなんて忘れますよ」

「おいコラ、うちの妹を馬鹿にしてんのか」

「……すいません」

しばらく沈黙が続いた。それほど広くない店内は徐々に混み始めている。あまり大きな声は出せないなと思っていると、ずっと俯いていた二ツ木少年が意を決したように顔を上げた。

「喧嘩したんです」

「カナと?」

「違います。吉村が、友達と喧嘩したんです。……俺の、ことで」

彼は本当に申し訳ないことをしてしまったという表情を浮かべたかと思うと、また顔を伏せてしまった。

テーブルを見つめたまま、ここ最近、学校で起こったことを話してくれた。

「その子が俺のことを何て言ったのかは具体的には知りません。でも吉村は怒ってて、それ以来、口をきいてないらしいんです。俺ですよ? 俺なんかのために、あいつは今、友達をひとりなくそうとしてるんです」

「仲直りしてほしいんだね。だから自分に構ってほしくなかった?」

「はい」

「二ツ木少年は真面目だなあ。そんなの、ほっときゃいいんだよ」

「なんでですか！」

その日、初めて彼が私に対して牙を剥いた。眼鏡の奥にある目が真剣で、本当にカナを思って言っていることが分かって嬉しくなる。

「カナはさ、友達と喧嘩したくてしたんだよ。それを自分のせいだって考えるのはちょっと違うんじゃないかな」

「俺が、俺のせいじゃなきゃ、なんだっていうんですか」

「カナが好戦的すぎた？」

「それは……まあ、それもあると思いますけど」

「あいつは戦闘民族だから、自分にとって気に食わないことがあったら我慢できないんだよ。二ツ木少年のことを貶されて、黙ってるなんてできなかった。君はさ、もしカナが誰かを傷つけられても笑って許しちゃうような子だったらどう思う？　悲しくならない？」

カナのワガママは、そんじょそこらのワガママとはわけが違う。絶対に折れない強い意志のもと、他人に阿るということがない。周りの都合を考えないところもあるけど、でも誰かのためにそれを押し通すのなら、私はちょっとくらい迷惑を被ってもいいかなと思っている。

「カナがその子と戦うって決めたんなら、もう友達じゃないって思うんなら、他人がどう言っても変えられないよ、そういう子だからさ」

「どっちにもいい顔なんて、できない？」

「分かってるじゃん。あいつはそんな器用なことはできないんだよ。今回は、二ツ木少年を選んだんだね」

「俺は、そんな、……だってあの二人、本当に仲が良くて、なのに」

「自分を責めるな、二ツ木少年。カナは性格キツいから、友達なくすのなんてしょっちゅうだぞ！」

「慰めになってないです」

泣き笑いの表情を浮かべて、彼は少しだけ体の緊張を解いたようだった。少し冷めたコーヒーにようやく口をつける。

カナは君を選んだんだよ。

この言葉の本当の意味を、二ツ木少年はまだ知らない。好きな男のためにカナが戦っているのだと知ったら、彼はどんな反応を見せるだろう。妹の気持ちを受け入れてくれたらいいのにと、姉である私は思わずにはいられなかった。

そのとき、隣の席の客が立ち上がった。

「ミカコとは今日仲直りしたわよ!!」

噴き出すのを咄嗟に堪えた二ツ木少年は、盛大に咽せた。咳をしすぎて顔を真っ赤にさせた彼は、ずれた眼鏡をそのままに情けない声を上げた。

「ゲホッ、え、えぇええ!? 吉村、なんで!? いつから!?」

「あんたたちが来る前からよ」

「そん、な、お姉さん!? これ、最初から仕組んでたんですかっ」

「そうだ、君は我らの掌の上で踊らされていたのだよ」

「何キャラですかそれ！」

涙目で動揺する二ツ木少年に、ウィッグと伊達メガネで変装していたカナが詰め寄った。

「馬鹿じゃないの、あんた」

「カナ、そこは『あんた、バカァ？』だ。はい、やり直し」

「リホは黙ってて。もう帰っていいから」

この扱い！ いいよいいよ、別にさ、お姉ちゃんなんて使うだけ使ったらあとはポイさ、分かってたさ。

「では、ここは若いお二人だけでごゆっくり」

「え、お、お姉さん？」

「私は君のお姉ちゃんじゃありません」

まあ将来、お義姉さんになるかもしれないがな。それは今後のカナの頑張り次第と、君の流され次第にかかってるぞ。

店の外に出ると、温まった体に冷たい空気が絡み付く。両手を上着のポケットの中に突っ込み、先に帰ることにした私の足取りは軽い。

帰り際、カナに強く手を握られた。

お礼の言葉も何もなかったけど、これが不器用な妹の精一杯の感謝の示し方なのだと思うと、ちょっと可愛いなと思った私は妹萌えじゃないことをここに強く宣言する。

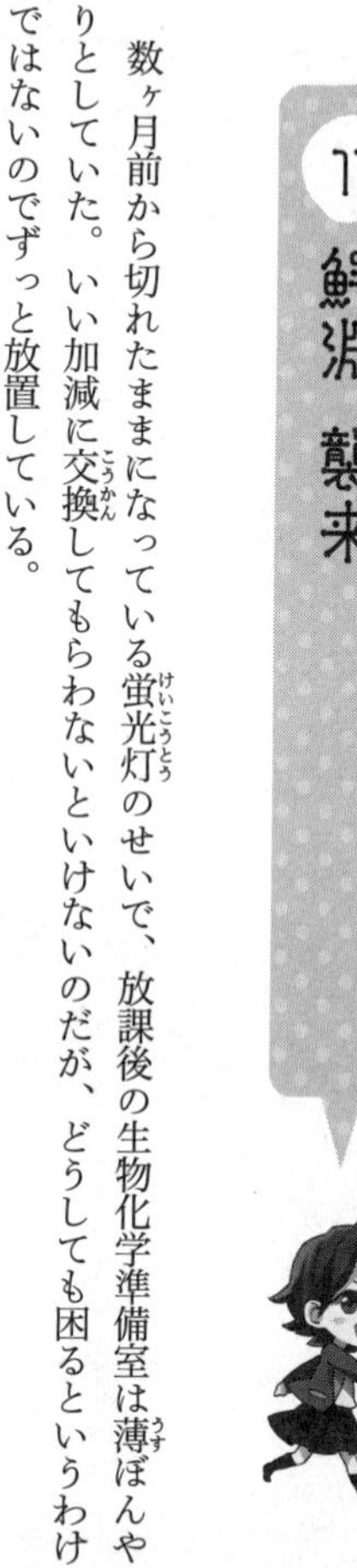

11 鰐淵、襲来

数ヶ月前から切れたままになっている蛍光灯のせいで、放課後の生物化学準備室は薄ぼんやりとしていた。いい加減に交換してもらわないといけないのだが、どうしても困るというわけではないのでずっと放置している。

かろうじて生きている蛍光灯の下で、私は厳かな雰囲気を纏いつつも切り出した。

「——さて、諸君らに集まってもらったのは他でもない」

漫研の部室にはキタちゃん、マリちゃん、そしてメグっぺがいた。幸子部長は予備校で、五味はテニス部に行っているのでこの場にはいない。漫研の部室に来るようにと招集をかけて集まったのは、私を含めた四人である。

「リホ、もったいぶってないで早く言ってよ」

「っふ、まあ焦るでないよ、キタちゃん」

「リホ先輩、座っていいですか。あとそのチョコ食べていいですか」

「マリちゃん、座ってもいいけどチョコはひとり三つまでな」

「あのぉ、すいません。お話の前に、ちょっと電話に出てもいいですか？」

「彼氏かメグっぺ！　……まあいいよ、手短にね」

何度も謝りながら廊下に電話をしに行ったメグっぺが戻ってくると、私はテーブルに肘をつき、いわゆるゲンドウポーズで今日集まってもらった目的を明らかにした。

「今日の放課後、鰐淵先生が部活見に来るって！　時間がないからヤバいの今すぐ隠してぇええええ！」

時間はほんの十分前、六時間目の数学の授業が終わった直後に巻き戻る。

「吉村、小テストは何点だった？」

「九点。甲斐君は？」

「六点だった。吉村は満点じゃないんだな」

中間考査を目前にして、最近ではどの授業でも毎日のように小テストが行われている。数学だけは自信満々に全問を解いた私だったが、痛恨のミスを犯してしまっていた。

「途中で9×9＝18って計算しちゃった」

「凡ミスだな。まあ、六点の俺が言えるようなことじゃないけど」

このような安易なミスを本番のテストで犯すわけにはいかない。今日のはいい教訓になったことだろう。本番では最低二回は見返して万全を期すことを誓った。

「岩迫はどうだった？」

数学の授業ではひときわ大人しくなる岩迫君は、小テストが終わった今も微妙に元気がない。

採点の終わった小さなプリントをくしゃりと握りつぶした彼は、悲愴な表情を浮かべながら声を振り絞った。

「……三点」

「あー、うん、頑張ったな」

「いやいや凄いよ！　こないだの小テストは二点だったじゃんっ、さらに前は一点！　すごいですね～、えらいですね～、成長してますよこの子は～」

「そ、そうだよなっ、俺、成長してるよな！」

「その程度のフォローで立ち直っちゃうんだ」

甲斐君が若干呆れているが、岩迫君の成長は馬鹿にできたものではない。

何が偉いって、彼はちゃんと全問解こうとしているのだ。以前は最初の簡単な二、三問でギブアップして、あとは放置していたというから、進歩しているのは間違いないと思う。

「次のテストは鰐淵先生のメガネが吹っ飛ぶくらいの点数をたたき出してやろうぜ岩迫君！」

「おう！」

「それは楽しみですね」

私と岩迫君は腕を突き上げた状態で固まった。甲斐君は……いない！　あいつ逃げやがった。もうとっくに教室を出て行ったと思っていた鰐淵先生は、冷笑でもって私たち二人を見下ろしていた。

「次のテストは期待してもいいみたいですね、岩迫君」

「え、っと、いや、そのぉ」

「五十や六十点では、僕の眼鏡は吹っ飛びそうにはありませんが、さきほどの威勢のよさから言って、九十点台は固そうですね」

「九十!?　むっ、無理です」

「おや。では君は、できもしないのにあんなに調子の良いことを言っていたわけですか」

「す、すいません……」

岩迫君のライフゲージが真っ赤ですよ鰐淵先生。

ひやひやしながら二人のやり取りを見守っていると、鰐淵先生の獲物を捕らえる視線が今度はこっちに向いた。

冷ややかな眼差しに、思わず顎を引いて身構える。先生の綺麗なお顔が直視できない。担任である茂木先生の無限に湧き出てくる親しみやすさを、鰐淵先生は見習ってほしいものである。

「吉村さん、今日は部活に行くんですか」

「へ？　あ、はい、行きますけど」

「そうですか」

「……なんでそんなことを訊いたんですか？」

ものすごく嫌な予感がした。恐る恐る尋ねた私に、先生は平然とおっしゃった。

「今日の放課後、僕が部室に行くからです」

寝耳に水とはこのことである。

こう言っちゃなんだが、鰐淵先生が部活の指導に熱心な人だとはまったく思っていなかった。文化祭では大きな展示室を借りてきてくれたものの、それ以来まったく音沙汰のなかった先生が、なぜ今になって漫研に干渉しようというのだろうか。

「言いたかったのはそれだけです。ではまたのちほどお会いしましょう」

唖然とする私を置いて、鰐淵先生は教室を出ていった。

「鰐淵先生は何しに来るのかな」
「リホ、喋ってないで手を動かす」
「はーい」

現在、本棚から抜いた漫画を大急ぎで段ボールに詰める作業をしている。

漫研なんだから部室に漫画があっても何らおかしくはない。しかし、さすがに男同士が絡み合っている表紙の漫画を教師の目に触れさせるわけにはいかなかった。中には男子生徒×教師（眼鏡着用）なんてのもあるので、これが鰐淵先生に見つかったら部員全員で土下座しなくてはならないだろう。

数分後、ところどころ隙間のできた不自然極まりない本棚が出来上がった。いかにも、ヤバいのは抜きましたよ、と言わんばかりである。

「先輩、コレどうしましょう」

困り顔のマリちゃんが何かを抱えてやってきた。

そ、それはっ！

「幸子先輩が自宅から避難させてきた抱き枕!!」

真っ白な生地に恥じらう表情を浮かべた彼に、部員たちは慄然とした。

幸子部長が春先、今イチオシの彼（抱き枕）がベッドを占領しているからと、仕方なくこちらに持ち込んできたのが始まりである。彼氏（人間）ができた今も、自宅と部室に平然と愛人（やっぱり抱き枕）を置いている幸子部長の図太さには慄くばかりだ。

「裏返して置いといたら？」

「そう思ったんですけど」

くるっと裏返しにされた彼は、まさかの半裸バージョンを披露してくれた。チクビ見えてるよチクビが！

「最近の抱き枕は凝ってんなあ」

「感心してる場合じゃないですよ」

しかし困った。これだけの大きさ、隠す場所が見当たらない。

ためしにコンビニのビニール袋をかぶせてみたが、小さい上に顔だけしか隠せていないのが余計に怪しかった。

「もういっそのこと、堂々と壁に立てかけておいたらどうだろう。ほら、金持ちの家に飾ってある甲冑みたいにさ」

「なるほど……最初からすべてを曝けだすわけですね」

「攻撃は最大の防御だよ、マリちゃん。よしっ、半裸バージョンを表側にして攻めまくるぜ！」

鰐淵先生よ、これが漫研だ！

「……ってできるわけないだろ！　マリちゃんツッコめよ！」

「リホ先輩、ゴミ袋ありましたから、一旦これに入れましょう」

最近、マリちゃんがキタちゃんに似てきている気がする。私のあしらいかたとか、スルーの仕方とか。ボケたのになかったことにされるのが一番辛いんだぞ。

「あああ……幸子部長の抱き枕がゴミ袋に……なんて悲しい光景なんだ」

「これ一回も使ってないからキレイですよ」

しかし一時は夢中になったキャラクターがゴミ袋に押し込まれている様など、部長には見せられたものではない。数時間の辛抱だ、あとで出してあげるからっ。

「これでマズいのは全部隠せたかな」

狭い部室はいつもより小綺麗になっていた。作業台の上に散らばっていたプリントや漫画を一箇所に集めただけでも見違えるようである。

そろそろ来てもおかしくない鰐淵先生のために椅子でも用意しておくか。部室の隅に置いてある椅子に目をやった私は、次の瞬間、叫んでいた。

「エクスカリバー！」

「どうしたリホ」

「先輩、今ここで中二病を発症されても困ります」

「もうリホ先輩ったら、さっきツッコミ入れなかったからって、それはないですよ」

「違うわ！　私を何だと思ってんだ！」

あと私もう高校生だからね、過去の過ちは中学卒業とともに抹殺したから思い出させないで。

「あれ見てよ、エクスカリバーだよ！」

「漫研の部室にそんなのがあるわけ……あった」

「あれ、たしか幸子部長のですよ」

「そういえばちょっと前まで振り回してましたね」

素材は発泡スチロール、非常に軽い材質だが、出来がいいために重厚感すら漂わせている。

ひょいと手に持つと、幸子部長を真似してポーズをとってみた。

「これどうする？　隠す？」

「別にいいんじゃないの。抱き枕と違って一般人を不安な気持ちにさせないだろうし」

「それもそうだね」

このとき悪戯心を発揮した私は、後悔することとなる。

垂直に持った剣を後ろに振りかぶり、

「エクス……」

「すいません、遅れました」

「カリバ――!!」

ガラっとドアの開く音がしたのと、剣を振りかぶった私が叫んだのはほぼ同時だった。

「……わ、鰐淵、先生、」

ちょ、お、うおあああああ、何やってんだ私はあああ!!

美形の幸子先輩がやるならまだしも、眼鏡のおさげイモ女子がノリノリで「エクス……カリバー!!」って！「……」ってためて言ってたのが余計に痛えええええ!!

キタちゃんっ、こういうときこそ冷たくあしらってよ！　あからさまに目を逸らして必死に

見なかったフリはやめてよ！　それ全然優しさじゃないよ！

マリちゃんっ、顔隠してるけど明らかに笑っててんじゃねーか！　耳がまっかっかだよ！　笑うなら盛大に笑ってくれ！

メグっぺえええ、なんで泣きそうな顔してんだ。そんなに私は可哀想だったか。

何が約束された勝利だよ！　この空気、敗北もいいところじゃねえか！

「入ってもいいですか」

こちらの葛藤も知らずに鰐淵先生が感情のこもらない言葉を投げかけてくる。

今明らかに私痛かったよね？　先生、見てたよね？　見ててその態度なら、尊敬しますよ。

「どうぞ、お入りください。あらためまして、私、部長の北川です」

幸子先輩、トモ先輩は、文化祭が終わって事実上の引退となった。そしてなんとこの私が漫研の副部長である。他に二年いないからな。

「もうひとり、男子部員がいませんでしたか？」

「五味ですね。テニス部と兼部なんです」

ああ、五味よ。ここにお前がいたならば、さっき私が負った傷はもう少し浅かった気がするんだ。ヤツの能天気さが、今は恋しい。

「漫画研究部は部室棟には移らなかったんですか？」

「あそこは運動部が優先して入ったので、文科系の部活はほとんど移動してませんよ」

「それは知りませんでした」

キタちゃんに奥へと誘（いざな）われて、鰐淵先生は部室の窓際、大きな作業台のあるところまで入っていった。

「鰐淵先生、どうぞ座ってください」

「ありがとう。吉村さん、いつまでそこに突（つ）っ立っているんですか。こっちに来なさい」

エクスカリバーを持って項垂（うなだ）れている私に平然と声を掛（か）けられる先生の神経が分からん。もう私はツッコミ待ちですよ。いっそ蔑（さげす）んでくれたっていいのに。

「先生、何か飲まれますか？」

「飲まれますかって……まさかその水道とガスコンロ、使えるんですか」

「はい、使えますよ」

ちょっと驚（おどろ）いている鰐淵先生の目の前で、メグっぺが水を入れたヤカンに火をかけた。マリちゃんはストックしてあるお茶一式を持ってきて、先生の前に置く。

「ほとんどインスタントかティーバッグですけど、好きなのを選んでください」

鰐淵先生はどこか困惑（こんわく）した表情で、部員ひとりひとりの顔を見回した。

「君たちはいつもこういうことをしているんですか」

「ここを部室として提供してくれた先生方は承知してくれてますよ。火の元には十分気をつけていますし」

「これからも気をつけてくださいね。では僕は、これにします」

紅茶をひとつ選ぶと、鰐淵先生は苦笑いした。

思いがけない優しい笑みに、部員一同ほわわとなった。突然来るというから何事かと思っていたけど、先生のレアな表情を見れただけでも今日は十分に価値のある一日となったのではないだろうか。

「エクスカリバー先輩はどれにしますか?」

「『リホ』先輩は鰐淵先生と同じお紅茶をいただこうかしら!」

訂正する。今日は私の人生において新たな黒歴史が刻まれた日であった。

12 『だって』記念日

「いやー、鰐淵先生に蛍光灯の交換までさせてしまって恐縮です」

「いえ、これくらいのことなら頼んでくれればやりますよ。顧問なのですから」

　軽く一杯した後で、部室の暗さが気になった鰐淵先生が切れた蛍光灯を交換してくれた。その珍しすぎる光景にこっそり写真を撮ろうとした私は、先生の冷たすぎる視線を前にして断念せざるをえなかった。

　明るくなった部室に先生はいたく満足した様子だった。数学の授業では私たち生徒をいかに痛めつけてやろうかという表情ばかりを見せている気がするのだが、今はどことなく優しい顔をしている。いつもこうなら女子のファンがもっと増えるだけでなく、私という失ったファンも帰ってくるのに。

　面倒な作業を率先してやってくれた鰐淵先生に、後輩二人は早くもメロメロになってあれこれ世話を焼いている。相手が五味なら色が出るまでティーバッグを使うところを、一回使ったやつはポイして新しい紅茶を入れているところに先生への好感度が如実に表れていた。

入れたての紅茶を飲み、コンビニで買ったチョコを物珍しそうに食べながら、鰐淵先生がなんでもないことのように言った。

「そういえば、文化祭で漫画を売っていませんでしたか？　あれを見せてもらいたいのですが」

「手元にはないのでお見せできません」

「私、今持ってますよ」

「なんでだぁあああ！」

せっかく咄嗟に嘘ついたのに！　さらっとすっとぼけたのに！

マリちゃんは鞄の中から私とキタちゃん合作の漫画を取り出し、献上するかのように鰐淵先生に渡してしまった。ガッデム！

「友達が読みたいって言ってたんで、貸してたんです。一年にファンがいるんだから、そんな顔しないでくださいよ、リホ先輩」

「くっそぉおおお！　というかその子は漫研には入ってくれないわけ？」

「私も誘ったんですけど、ちょっと抵抗があるみたいです」

……うん、まあ、その気持ちは分かる。

漫研＝オタクと言っても過言ではない。そしてオタク＝マイノリティーだ。スクールカーストでは最下位だ。世間の評価は今もって厳しい。

しかし！　しかしである！　それでも二次元への愛が、萌えが、羞恥心をボッコボッコに打ち負かし、ひとをオタクへと進化させるのだ。

だから目の前で鰐淵先生が私たちの描いた漫画を読んでいても全然恥ずかしくない。そう恥ずかしく……駄目だやっぱりちょっと恥ずかしい。先生、お願いです、そんな真顔で読まないでください。

「五人以上集まらないと同好会に降格だからね。来年は大丈夫だとしても、ぎりぎりの人数じゃ不安だし、勧誘は年間を通じて続けていかなきゃ」

キタちゃんが部長らしいことを口にして、後輩たちは神妙な顔で頷いた。

そうなのである。漫研の部員は現時点で七名。来年には五名でギリギリだった。新一年生をどれだけ獲得できるかによって、漫研の明暗が分かれるのである。

「そうだ、鰐淵先生。先生が勧誘してくだされればいいんですよ」

「僕ですか？」

読んでいた漫画から顔を上げ、先生は不審な表情を浮かべた。部員の勧誘に顧問がでしゃばることはあまりない。けれど禁止されているわけではないのだから、ここは先生に一肌脱いでもらおう。

「新入生歓迎会のときに、部活紹介があるんです。そのときに舞台に立って、鰐淵先生が『僕と契約して漫研に入ってよ』って言ってくれたら女子生徒なんてイチコロですよ！」

「入ってよ、は口調としては砕けすぎではないですか？」

「わあ、普通(ふつう)に返された」

非オタの反応なんてこんなもんだ。というか先生がこのネタを知っていたらビックリである。

「でも鰐淵先生に協力してもらうってのはいいかもね」

「勧誘ポスターに写真載(の)せるのはどうですか？」

「それいい！　キャッチコピーは『僕の美技に酔(よ)いなさい』で今度こそ女子の新入部員が」

「リホ先輩、もういいですから。鰐淵先生、絶対また分かってませんから」

鰐淵先生を広告塔(こうこくとう)にして部員を集める案はたしかな効果を挙げそうだった。文化部最強を誇(ほこ)る合唱部を押さえ、我が漫研が春日坂の文化部筆頭を名乗る日は近いかもしれない。

「この部活は漫画が好きな子たちが集まる部活でしょう？　僕目当てに女子生徒は集まってくるでしょうが、目的を見失っていませんか」

全員がはっとした顔になった。先生の自信に満ち溢(あふ)れた台詞(せりふ)は置いておくとして、たしかにごもっともな意見である。

「ただの鰐淵先生ファンクラブになっちゃいますね……」

「いい案だと思ったんだけどなあ」

部員ほしさに目が眩(くら)んだ結果なんてたかが知れている。そのことを教えてくれた鰐淵先生は、やっぱり教師なんだなあと改めて認識(にんしき)する私であった。

最終下校時間の十分前に部室を出ると、戸締まりをして鍵を返しに職員室に向かった。鰐淵先生にすっかり懐いた後輩二人は、先ほどからしきりに話しかけている。

「鰐淵先生、先輩たちの漫画はどうでしたか？」

「ちょっとマリちゃん！」

「純粋に面白いと思いました。それと正直、驚きました。高校生であれだけ描けるのが普通なんですか？」

何の含みもない言い方をされて、顔にぐんぐん熱が集中するのが分かった。鰐淵先生は心にも思っていない言葉は絶対に言わない人だ。だから、うん、ものすごく嬉しい。

「い、いやそんな、私なんてまだまだですよ。というか、あの漫画は、原作のキタちゃんがすごいのであって、」

「リホ、顔真っ赤よ。先生、ありがとうございます。リホはこれでもすごいんですよ」

「キタちゃんのほうがすごいっつーの！　先生、先生、キタちゃんの小説、一度読んでみてください。今度、部誌に載ってるやつお見せしますから」

「何言ってんの、やめてよ」

「私だけ恥ずかしいのは嫌だ！」

「こら、廊下で騒がない」

鰐淵先生が、指で額コツンをしてくれた。

……メ、メガネ、メガネは吹っ飛んでいないか。それくらいの衝撃（萌え）だったぞ。神様ありがとうございます。一生の思い出です。

「あ、そうだ。鰐淵先生にずっと訊きたかったことがあるんですけど」

職員室まであと数歩というところで、私はある疑問を思い出して立ち止まった。

「先生はどうして漫研の顧問を引き受けてくださったんですか」

積極的に部活の顧問になってくれる先生なんて、経験者かお人よしくらいなものだと私は思っている。教師も人間なので、プライベートな時間を減らしたいとは考えていないだろうし、義務でもない顧問に就任する必要はないだろう。

けれど鰐淵先生は、自分から顧問になってもいいと幸子部長に言ってきたのだそうだ。顧問が見つからないのを聞いて、わざわざ部長の教室まで訪ねてきてくれたのだと。

「先生？」

なぜか鰐淵先生は答えに詰まっているようだった。茶色がかった目が、右へ左へと大忙しである。

やがて意を決した先生は、眼鏡のブリッジを中指で押し上げながら、いつもよりずっと小さな声で理由を教えてくれた。

「……だって、部活の顧問って、教師っぽいじゃないですか」

予想もしなかった答えにぽかんとしている生徒の視線から逃れるように、鰐淵先生は顔を背ける。

「僕はこれでも、君くらいの歳になるころにはもう教師になる夢を持っていたんです。それくらい教師に対しては思い入れがあったし、部活の顧問はまだやったことがなかったから、だから、」

恥ずかしそうに。もう一度言う、恥ずかしそうに（ここはテストに出ると思う）先生は早口でおっしゃった。色白の頰がいつもより赤くなった横顔ときたらもう。

直後にキャ――!!　と黄色いどころかショッキングイエローな悲鳴を上げた一年生二人に続いて、キタちゃんが背後の壁を両手でバンバンと叩きだす。私はぷるぷる震えながら鰐淵先生を見上げた。

「な、なんですか、君たち、」

「だって、だって、鰐淵先生がっ、『だって』って！」

「それがどうしたっていうんですか」

「も、もう一回、もう一回お願いします、おお、お慈悲を……っ」

「わけの分からないことを、ちょ、離しなさいっ、こらっ」

キャーキャー悶えている一年生二人も加わって「もう一回！　もう一回！」とたちの悪い酔っ払いみたいなコールが巻き起こった。キタちゃんはよほどダメージが深刻だったのか、先ほどから壁に向かって正座している。

「おいコラ！　うるさいぞ！」

あまりにも廊下で騒ぎすぎたために、強面で恐れられている生徒指導の先生まで出てきたが、萌えを充塡されたばかりのオタクに怖いものなど何もない。

「すいませーん！　うふふふふ」

「……鰐淵先生、何なんですかコレは」

「さあ、分かりません」

途方に暮れる先生たちをよそに、私たちはますます盛り上がる。最終下校時間を知らせるチャイムが、お祭り騒ぎな私たちの頭上でむなしく鳴り響いていた。

13 天使、ふたたび

「甲斐君、今度はなんのバイトやるの？」

　お昼休みが終わるまであと十分。ほとんどのクラスメイトが戻ってきている中、後ろの席の甲斐君はバイトのフリーペーパーを熟読していた。

「ん～、どうしよっかなあ」

「また肉体労働系いくの？」

「そっちのほうが給料いいんだよなあ」

　バイトのバの字も知らなかったくせに、短期バイトを渡り歩いてきた彼は今ではひとかどのアルバイターとして頭角を現してきている。教科書の間に履歴書がまぎれこんでいるのを見たときには、こいつ……デキる！　と唸ったものである。

「吉村はレストランだっけ？　まだ続いてんの？」

「もちろん。最近、お客さんが増えてきたからかなり忙しいんだよね。バイト募集してるから、甲斐君、よかったらうちで働かない？」

「接客はパス」

「そう言わずにさあ～、女のお客さん多いよ～、出会いのチャンスだよ～」

「その女のお客さんの年齢層によっては考えてやらんこともない」

　っち、うちの客の年齢層が高いことを知ってたか。

　古い外観のせいか、私が働いているレストランには若いお客さんが少ない。それでも以前に比べたら増えたほうで、きっと岩迫君がテニス部で宣伝してくれたり、可愛い後輩たちが友達を連れてきてくれたお陰に違いない。

「今ほんとに人手が足りないんだよ。甲斐君、友達でしょ！　友達なら私の言うことをきけよ」

「後半部分が友達に対して言う台詞じゃねえぞ」

　甲斐君はフリーペーパーから一度も顔を上げずに言った。なに、なんなのこの子、最近私に対する応対がぞんざいなんだけど。同じモヤシだと思ってたら、いつの間にか彼のほうだけ豆モヤシにグレードアップしてたのかってくらい、相手にされてないんだけど。

　結局、甲斐君は引っ越し業者のアルバイトに決めると、残り短い昼休みの間に履歴書を書きあげてしまった。私の恨みがましい視線を一切無視して。

「また新しいバイトするのか？」

　教科書を借りにクラスを出ていた岩迫君が戻ってくると、私は演技たっぷりに彼へと訴えた。

「聞いてよ、岩迫君、せっかくうちのバイトに誘ったのに、甲斐君ったら冷たく断ったんだよ」

「あったかく断れたらそうしてるよ」

「ほら、冷たい！　えーんえーん、ひどいよー」

「甲斐、もっと言い方ってもんがあるだろ」

「なんで俺が責められてんだよ！　明らかに嘘泣きだろうが！　バカ！　このバカ！　二人揃ってバカ！」

今日も甲斐君のツッコミは冴え渡っているな。彼はガテン系のバイトよりも芸人の付き人のバイトをすればいいのに。

甲斐君を宥めながらも、新しく採用されるであろうバイトの存在が私を憂鬱にさせていた。たぶん近いうちに入ってくるんだろうけど、顔合わせのときにはきっと緊張すると思う。私はこれでもけっこう人見知りだからな。話しかけられたら気さくに返事をするけど、内心では「知らない人こわいよぉおおお」と絶叫しているんだからな。

店長の庄司さんは、いい子が見つかり次第、採用すると言っていた。それはおそらく私が想像するよりも先の話ではないだろう。

優しい大学生とか、優しいおばさまとか、まあとにかく枕詞が優しいであれば私に文句は一切ない。店長の見る目に期待しよう。

その日は学校が終わると、制服のままバイト先に向かった。春日坂高校から歩いて十五分、大通りから脇道に入ったところに洋食店がある。住宅街の真ん中に溶け込むような佇まいの店舗に入っていくと、

「リホちゃんお帰り」

声を掛けてきたのは、窓際の一番いい席に座っていたお客さんだった。私がここでバイトを始めたのと同じくらいに顔を出し始め、今では常連となっているおじいさんである。

「いらっしゃいませ。来てたんですね、倉崎さん」

「おうおう、いいねえ、その制服。女学生ってのはいつの時代もたまらんなあ」

お客様じゃなかったらただのエロじじいめと無視しているところだが、お客様なので私はにこやかに挨拶をした。初対面でいきなり手を握ってきたり、今も制服を食い入るように眺めたりと、歳の割には元気なじいさんである。

「今度デートしないか。リホちゃん、何食べたい？」

キタちゃんのじいさまと同世代くらいなのだが、このアグレッシブさ。私はもしかして同年代よりもはるか年上に受けるのだろうか。

「デートならしてるでしょう、今ここで。リホちゃん、先に着替えてきなさいな」

迫られてたじたじになっている私を助けてくれたのは、店長の奥さんであるみゆきさんだった。慣れた様子であしらってくれている間に、私は店の奥で着替えることにした。

「まったく、倉崎さんには困ったものね」

エプロンドレスの後ろのひもを結んでいると、やれやれといった様子でみゆきさんが戻ってきた。

「さっきお孫さんがやってきて引き取っていかれたわ。迎えにきた車を見たんだけど、あのひともしかしてどこぞの大金持ちかしら」

「へえ、言われてみたらそうかもしれないですね」

服のことはよく分からないが、くたびれた格好をしているところは一度も見たことがない。いつも身綺麗にしていて、余裕と威厳がある。まあ話し出すと途端にチャラチャラするので、やっぱり違うのかもしれないが。

「そうだ、リホちゃん。今日から新しい子が入ってくるから」

「ええ！　今日ですか!?」

「そうなの。昨日、面接に来た子なんだけどね。もう即決よ、即決！」

みゆきさんのはしゃぎようを見て、ああたぶん男だな、と思った。彼女はけっこうミーハーというか、格好良い男の子が好きだ。アイドルに関しては現役女子高生の私よりも詳しいくらいだった。

「ユタカ君っていうのよ。リホちゃんと同じ高校二年生でね、すっごく紳士な子だから安心して！」

「はあ、」

紳士？　高二で？　なんかうっさんくせえなあ、と思った私は間違っていなかった。

十分後、ヤツは店にやってきた。

「リホちゃん、彼がユタカ君よ」

みゆきさんに紹介されて、ヤツは折り目正しくお辞儀した。目が合うと、ふわりと微笑まれる。その天使もかくやと思わせる笑顔を見るのは、これが初めてではなかった。

「吉村さん、分からないことがあったら教えてくださいね」

ブス。

ヤツは以前、私をそう呼んで嗤った。

「敬語なんてよそよそしいわよ。同い年なんだし、もっとこう、気さくにね？」

ぎこちない空気を感じ取ったのか、みゆきさんが気を利かせてそう言った。けれど今は、今だけは、彼女の気遣いが私を追い詰める。

「じゃあ、あらためて。吉村さん、これからよろしく」

差し出された手を握るのに、これほどの気力を要するとは今日になるまで私は知らなかった。

触れた体温に一気に心が冷えていく。

ああ、どうしてなんだ。

「よろしく、ね、……タモツ君」

保ユタカ。

新しくバイトとして入ってきたのは、あのブルータスだった。

14 住宅街の中心で愛を叫んで近所迷惑

バスケ部だろうか、体格のいい男子の群れが正門を走り抜けていく。

静かになった正門あたりを見下ろしながら、教室のベランダでかれこれ十分以上はたそがれていた。あと五分もしないうちにあそこを通らないと、バイトの時間に間に合わない。分かっているのに体は中々動かなくて、ベランダの柵にもたれかかり、私の心は本格的にここに居座ろうと考えている。

今の心境を喩えるならば、マラソン大会当日の朝に似ていた。

「吉村？　まだ帰ってなかったのか？」

振り返ると、部活に行ったはずの岩迫君が立っていた。

「岩迫君こそどうしたの？」

「忘れもの。このプリント、明日提出だろ」

ひらりと見せたのは宿題で出された化学のプリントだった。それを小さく折りたたんでジャージのポケットに入れると、彼は隣に並んだ。

「今日はバイトじゃなかった？」

「うん。そうなんだけどね」

頬杖をついて、遠くに視線を投げる。続く言葉が見つからない。適当なことを言ってごまかさないとと思うのに、何も出てこない。案の定、私の様子を変に思った岩迫君が、横から顔を覗きこんできた。

「元気ない。悩みごと？」

バイト先に、嫌なヤツがいるんだよ。

「ううん？　別に」

そいつは兄ちゃん目的に近づいてきて、私をブスって言ったんだ。すごく怖かった。すごく傷ついた。もう二度と会いたくないと思ってた。それなのに。

「ちょっとたそがれてただけ。女にはね、そういうときがあるのだよ」

「ふうん」

あ、納得してないな。

でも今は何も訊かないでほしい。視線に意思をこめて見つめ返すと、岩迫君はそれ以上は何も訊いてはこなかった。

沈黙が続いた。だんだんと近づいてくる野太い声は、さっき出て行った運動部だろう。元気だなあ。その元気を少し私に分けてほしい。そうしたらバイトに行ける気がするんだけど。

「吉村、またデートしよう」

正門の前を、集団が走り抜けていく。彼らの姿を呆然と見送りながら、徐々に隣へと視線を移動した。

「元気がないときは、デートが一番だ」

岩迫君が真面目な顔をして間違ったことを言っている。いや、間違ってはいないのかもしれないけど、え、そうなの？　世間では元気がないときはデートするもんなの？　岩迫君があまりにも濁りのない眼をして言うものだから、私は信じかけてしまう。

「今度はどこ行きたい？」

「わ、わたしたち、お付き合い、してませんよね？」

「してないけど、デートはできるだろ。俺はしたいな、二回目のデート」

二回目という言葉を強調してきやがった。一回目のあれはデートのつもりはなかったんだけど、彼の中ではデート認定されてるらしい。

赤くなった顔で、岩迫君とは反対方向に一歩ずれた。相変わらずの反応に、彼は仕方ないなあとでも言うかのような表情を浮かべた。お子様で、すまん。

「次の日曜日、午後から部活がないんだ。前みたいに遠くには行けないけど、映画くらいなら観れるかなって」

「映画、っすか」

「そ。なにか観たいのある？」

言えない。アニメの劇場版が観たいだなんて言えない……！

そのあとアニメイトに繰り出してキャラソン試聴したいとか言えやしない……！

「俺が決めていい？」

「お願いします」

私の謎の葛藤を読み取ったのか、岩迫君が気をつかってくれた。オタクですまんね。

ていうかデート了承しちゃってるじゃん。ほんと私って押しに弱いな！

またまた恥ずかしくなって、私は無言で距離を空けた。


「ありがとうございました。またのお越しをお待ちしております」

レジで会計を済ませた客に、ブルータスは輝くような笑みを向けた。二人組のおばさまたちは、名残惜しそうにして店を後にした。帰り際に聞こえた「また来ましょうねっ」という言葉はおそらく現実となることだろう。

空席になったテーブルのグラスを片付けて綺麗に拭くと、次の客が入ってくる。

「リホちゃん、君に会いに来たぜ」

倉崎さんだった。

　席に案内しようとするブルータスを完全無視！　まっすぐ私のところにやってくると、手を握って口説いてくる。今日もチャラい……チャラいが、後ろのほうでびっくりして固まっているブルータスが見られたからよし！

「いらっしゃいませ。いつものにしますか？」

「ああ。いつもの君をよろしく」

　無駄にキリっとした顔に苦笑を返し、オーダーを厨房に持っていく。お冷やを用意してテーブルに戻ると、倉崎さんが頬杖をついてブルータスを睨みつけていた。

「お冷やどうぞ」

「新しいのが入ったんだな」

「ああ、はい」

　同じように彼を見ると、どうしても顔が強張るのが分かった。

「最近は、ああいうのがモテるのかねえ」

「さあ、どうなんでしょう」

「俺の若いころはなあ、ああいうなよっちいのよりも、こういかにも男ってのがモテたんだよ。なんだあの細い眉毛は」

　私の視線は憤慨している倉崎さんの眉毛にいった。太い。毛虫が二匹乗ってるんじゃないかってくらい、太かった。

「リホちゃんは、ああいうのが好きとか言わないよな?」

「まさか」

それだけはありえないだろう。たとえ大好きなアニメの限定DVDボックスをやると言われてもありえ……いやいや、ありえないありえない。なに揺らいでんだ私は。

顔はまあ、最高に綺麗なのは認めよう。店でバイトをしなくても、モデルで大金を稼げそうである。

でも私は知っている。あいつがどれだけ凶悪で冷酷で変態であるのかを。

あんな綺麗な顔をしているけど、心の中では「ショータ先輩のパンツ食べたい」とか考えているに違いないのだ。

そうだ、うちの兄ちゃんの脱ぎたてのボクサーパンツと引き換えにバイトを辞めてくれないだろうか。

ブルータス追放計画を考えているうちに、閉店時間を迎えた。レジの精算を済ませて、売り上げのレシートをみゆきさんに渡す。ちらりと見た売上金額は、ブルータスが入ってきたときから明らかに増えていた。

悔しいが、私よりも確実にヤツのほうが店に貢献している。それも客寄せだけではなく、仕事の面でも私よりブルータスのほうが優秀なのは明らかだった。

　対抗心を燃やしながら店内の清掃を終えると、あとはもう帰るばかりとなった。制服に着替えた私は、店長夫婦に挨拶してから店を出ようとした。

「ちょっと待って、リホちゃん」

「どうしたんですか？」

　みゆきさんの声で振り返ると、店から出てくるブルータスが見えた。佐倉木高校の学ランに着替えたヤツがまっすぐこちらに向かってくる。げっ、早く帰りたい。

「ユタカ君、それじゃあリホちゃんのこと、お願いね」

「はい。行こう、吉村さん」

　事態を呑み込めない私の背中に手を添えると、ブルータスは歩き出そうとした。手を振るみゆきさんに同じく手を振り返す。

「いやいやいやっ、一体これどういうことですか！」

　あっぶねえ、流されるところだった。ささっとブルータスから距離をとり、みゆきさんに詰め寄った。

「シフトが一緒のときは、これからはユタカ君が家まで送ってくれるんですって。女の子ひとりじゃたしかに危ないし、甘えときなさい」

「ひとりで大丈夫ですよ！」

「でも、この付近でひったくりがあったのよ。せめて犯人が捕まるまで送ってもらったほうがいいわ」

「こんな見るからにお金を持ってなさそうな女子高生を襲うヤツなんかいませんよ！」

「いや、油断しちゃいけない。ひったくりする連中は、まずか弱い老人や女性を狙うんだ。お金を持ってそうだとかは、あまり関係ないんだよ」

元警察官の庄司さんが真剣な顔で諭してくる。店長夫婦の言葉からは本気で私を心配している気持ちが伝わってきた。それが分かっていて断ることは、もちろんできなかった。

街灯の下を歩く私たちは、終始無言だった。
意外だったのは、ブルータスが本当に私を家まで送る気でいることだった。店長たちの目がなくなったらすぐさま「誰がお前みたいなブスを送ってやるかよバーカ！」と言い放って巣に帰るかと思っていたのに。
はっ、待てよ。家にいる兄ちゃん目当てか。そうか、そうだな、それしかない。私を送る名目で、兄ちゃんに近づこうって魂胆だな。そのために同じバイト先にまで潜入してくるとはある意味あっぱれなヤツよ。
って、それストーカーじゃねえか！　まだ諦めてなかったのかお前は！　いい加減にしろ、兄ちゃんのほっかほかのパンツやるからもう二度と私の目の前に現れるな！

……と、言ってやりたいのは山々なのだが、二人きりでそんな調子に乗った罵詈雑言を吐き出そうものなら、私は確実に葬られるだろう。遊園地では周りの目があったが、人通りの少ない路地では自殺行為である。

隣に並ぶのすら警戒して、ブルータスの後ろを歩く私は、ヤツが何らかのアクションを起こそうものなら即座に逃げられる準備を整えていた。

「なあ……おい、待て。なんで逃げんだよ」

最初の『な』の部分でダッシュをきった自分を褒めてやりたい。たとえ二秒で捕まえられたとしても！

「ひいっ、離せ！　誰かあああ！　助けもごごっ」

「うるせえ、黙れ。近所迷惑だろうが」

口を塞がれて羽交い締めにされた。

はい、終わった。ジ・エンドです。みんなっ、来週も見てくれよな！

「うー！　うー！」

「静かにしろよ。何がしたいんだよ、お前は」

それはこっちの台詞だ！　いててっ、おさげ引っ張んな！　取れるだろ！

「早く帰るぞ。騒がねえんなら手を離してやるけど、騒ぐんならこのまま髪の毛摑んで引きずってく。どうする？」

ハゲたくなかったので、大人しくすることにした。しかしヤツの手は私が着る制服の首の後ろを摑んでいた。逃げ出さないためらしいが、乱暴すぎて納得がいかん。

「店長たちにお前の所業をちくってやるからな」

「っへ、やってみろよ。悪者になんのはお前のほうだ」

悔しいが、ヤツの言うとおりだった。

あまりにも無力な自分に、項垂れずにはいられなかった。が、すぐに「前見て歩けよブス」と首根っこを引っ張り上げられ、私には傷心を癒す時間すら与えられることはなかった。

「なあ、ブス」

「なんだよ、ブルータス」

「そのブルータスってのやめろ。プロレスラーか？」

「ちげーよ。歴史の教科書読み直せ！」

そして知るがいい。裏切り者の代名詞であることを。純真な乙女の心を裏切ったお前にはおあつらえ向きのネーミングだということもな！

「まあいい。お前の家、あれだろ」

「そうだけど」

数十メートル先に見えるのは我が家である。というかブルータスよ、やっぱりうちの家知ってたんだな、さすがだな。

「じゃあ行け。それと次のシフトも一緒だろ。そのときも送ってやるから、感謝しろよ」

突き放すようにして体を離された私は、次にはもう背中を見せてさっさと帰ろうとしているブルータスに驚くと同時に、引き止めるようなことを言ってしまっていた。

「兄ちゃんに会っていかないの？」

それが目的で私のバイト先にまで現れたんじゃなかったのか。

ブルータスはぴたりと足を止めた。次の瞬間、ものすごい勢いで私のところまでスタスタスタと戻ってくると、胸倉を掴んでまくし立てた。

「会いたいに決まってんだろうが！　お話もしてーよ！」

「そ、そう、ですよね、やっぱり」

怖い！　ブルータス怖い！　いいよ許すよ、会っていけよ！　今の時間帯なら風呂上がりでパンツ一丁の可能性大だよ！

「でもできねえんだよ！　今の俺には、ショータ先輩を、遠くで、見守るしか……、うーっ、ショータせんぱあい……っ」

「な、泣いてる……だと……!?」

マジかよ、泣いてるよこの子。

演技だと思ったけど、演技で鼻水出せるって相当だぞ。おいやめろ、その綺麗な顔で鼻水はなんかヤダ。

「う、っぐ、ズビ！　……帰る」

「え、うん。そ、そうだ、ティッシュいる？」

駅前でもらったポケットティッシュを差し出すとひったくるように奪われた。ヤツは去り際、吉村家をうるうるした目で見つめ、あとは無言で帰っていった。

「会えないんなら、なにしに来たんだあいつは……」

呆然と呟く闇夜の中、離れたところで洟をかむ音がした。

15 新しい靴を履かなくちゃ

あれほど恐ろしかったブルータス。

天使の顔して悪魔だったブルータス。

恐怖の象徴だった、ブルータス。

「ショータ先輩ってなんであんなに格好良いんだろうな……」

そして、グラスについた水滴を拭き取りながら、恋する乙女のごとく呟くブルータス。

ああ、ブルータス。こんなこと言っちゃダメだって分かってるけど、言わせてくれ。

「もうほんと気持ち悪い！　ごめん！　気持ち悪い！」

「ああ？　喧嘩売ってんなら買うぞ、ブスメガネ」

バイト先のレストランは十分前に閉店した。今日は平日だったので目の回るような忙しさではなかったが、今、精神的な疲労が私を襲っている。

原因は言わずもがな、ブルータスである。

三度の飯より兄が好き。二言目にはショータ先輩、ショータ先輩。九官鳥だってもっと別の言葉を喋るぞ。

かつて恐怖そのものであったヤツへの評価は今やリーマンショック並みの大暴落を引き起こし、ただの変態ストーカーへと成り下がっていた。あんなに怖がってたのがアホらしくなってくる。

「そういうのは家でやってよ。まだ仕事中なんですけど？」

「俺がなに言おうが俺の勝手だ」

「もし知らなかったら大変申し訳ないんだけど……世の中はお前を中心にして回っちゃいねえんだよ」

「そんくらい知ってる。ショータ先輩を中心にして回ってんだよな」

ヤツが本気で言っていないことを切に願うばかりである。

毒を飛ばしあいながらグラスを拭き終わると、ゴミ出しに出ていたみゆきさんが戻ってきた。

「今日はごくろうさま。来月のシフト表、ここに貼っておくから確認しておいてね」

「はい。おつかれさまです」

ブルータスは人当たりのいい笑顔をみゆきさんに向けた。っけ！　猫かぶりめ。

そうやって人によって態度変えてたらいつか痛い目に遭うからな。社会はお前が思ってるほど甘くはないんだよ！

威勢のいい台詞を声には出さずに吐き出したところで、みゆきさんと目が合って微笑まれた。

嫌な予感がした。

「リホちゃん。今度の日曜日、シフトいれてなかったけど、どこか行くの？」

「ああ、はい。友達と映画を観に行くんです」

「それって男の子？」

「おお女の子ですよ！」

失敗した。

みゆきさんの笑みがますます深まっている。コイバナしたがってる女子高生の目になっているっ。

その隣ではブルータスが「彼氏？　お前が？　なんの冗談だよ（笑）」と言わんばかりの嘲笑を浮かべていた。てめーあとで覚えとけよ。

さらに聞き出そうとみゆきさんが身を乗り出したそのとき、店の奥から彼女を呼ぶ店長の声がした。助かった。

おろしたての靴が、歩くたびに肌を擦ってちょっと痛い。

絆創膏を貼っておくべきだったかと思いながら、痛みを我慢して駅のホームに降り立った。

待ち合わせ場所は、改札を出てからすぐのところに設置された大型のディスプレイ前で、お昼ということもあって人でごった返していた。相手を探して誰もがスマホを片手にきょろきょろしている。

約束した時間は午後一時。岩迫君の所属するテニス部が十二時に終わるそうだけど、学校からここまで来るのに一時間ではギリギリだった。ゆっくりでいいよとメッセージを送ったら、『ちょうどに着きそう』という返信があった。

改札が見渡せる場所に立つと、片方の足を浮かせて踝に触った。やっぱりヒリヒリする。新しい靴にするといつもこれだ。痛くならない履きなれた靴にしようとしたけれど、カナに服と合わないと却下されてしまった。オシャレには痛みが伴うものなのだと知ったのはつい最近のことだ。

待ち合わせ場所の目印となったディスプレイは、先ほどから宣伝映像を繰り返し映し出している。今話題の映画も大音響とともに映し出されて、そういえば今日はなんの映画を観るのかまだ知らされてなかったことを思い出した。

もしかして先週封切りされたばかりの劇場版アニメだろうか！　……いやまさかな。そうだとしたらかなり嬉しいけど岩迫君があの深夜アニメを知っているとは思えない。劇場版が発表されたときは一部の人間の間では激震が走ったほどなのだが、まあ、知らないよなー。

繰り返される映像にぼんやり見入っていると、目の前の大型ディスプレイが時計に切り替わり、午後一時を知らせた。同時に背後から肩をトントンと叩かれる。

「吉村！」

ぶんぶんと手を振る岩迫君が、正面から駆け足でやってくる。

そう、後ろじゃなくて、正面から。

「ごめんっ、待たせたよな？」

手を合わせて謝る岩迫君の視線が私の背後に移動して不思議そうに瞬いた。

後ろを振り向きたくない。強烈にそう思った私だったが、無情にもヤツは親しげに話しかけてきた。

「偶然だね、リホコちゃん」

なにがリホコちゃんじゃ。

思わず吐き出しそうになった罵倒をぐっと呑み込んだせいで喉から変な音がした。

「吉村、知り合い？」

「そうなんです。バイト先が同じで。ね？　リホコちゃん」

やめろ、鳥肌が立つ。お前、一体なにが目的でここにいるんだ。

偶然のはずがなかった。恨みがましく背後を睨みつけると、ヤツは「なあに？」と首を傾げて見つめ返してくる。可愛い子ぶってんじゃねえ。

「ブ、タモツ君、ちょっと来て」

岩迫君に断ってから、ブルータスを離れたところまで引っ張っていった。

「なに考えてんだおめーは」

「ああ？　だから偶然だっつってんだろ」

「嘘つけ！　なんで私がここに来ること知ってた？　どこから尾けてた？　あん？」

「グーゼン、グーゼン」

綺麗な顔で下品に笑うという器用な真似をするブルータスに摑みかかろうとした私を止めたのは、踝の痛みだった。

そうだ、今の私はひとりじゃないんだった。岩迫君と一緒なんだ、彼に迷惑はかけられない。

中途半端に上がった手を下ろし、激昂しかけた気持ちを落ち着ける。ここで怒ったらヤツの思うつぼだ。

「……偶然ならそっちも用事があるんでしょ。私はもう行くから、じゃあな」

「おい待て。アレ、本当にお前の男か？」

「違うっつーの。友達だよ」

「ふうん」

何か言いたいことがあるらしいブルータスを置いて、岩迫君のところへと戻ろうとした。

「俺も行く」

「……どこに」

訊(き)かなくても分かっていたが、一縷(いちる)の望みを込めて私は尋(たず)ねていた。世の中には奇跡(きせき)という現象があるらしい。人生八十年、一回くらい起こってもいいと思う。特に今。

「俺もお前らと、一緒に行く」

奇跡は起きなかった。

16 草ばっか食ってはいられねえ

「タモツって南中のテニス部だったんだ。あそこって強豪で有名じゃん」

「らしいね。でも僕は万年ベンチだったし、たいしたことないよ」

「とか言って、本当は強いんだろ」

「まさか。試合なんてろくに出させてもらえなかった程度の腕前だよ」

駅から移動し、ファミレスに入ってかれこれ十分がたった。

なんか男二人がめっちゃ盛り上がってるんですけど。

「あ。吉村、ごめん。テニスの話題ばっかじゃつまんないよな」

「ううん、そんなことないよ。テニスってあれだよね、対戦相手が戦闘不能になったら勝ちなんだよね」

「そんなルールはないけど……」

知ってるよ。フェンスに磔にされたり観客席まで吹っ飛ばされたりしないことくらい分かってるよ。二人の会話に水を差したかっただけだよ。

「ふふ、リホコちゃんって面白いなあ」

今のお前のほうが圧倒的に面白おかしいけどね!!

なんだリホコちゃんて。吉村さんか、いっそブスメガネでいいわ。

ということを岩迫君がドリンクバーに行っている間に訴えたら、

「はあ？　こんなにひとがいるところでンな呼び方したら、俺の人格が疑われるだろうが」

「安心しろ。すでに疑われる人格してるから」

「黙れブス。目の覚めるようなブス」

「残念だったな。私はもう『ブス』って言葉じゃ傷つかないんだよ」

ブスは三日で慣れるというように、ブスって言葉にも早々に慣れたわ。図太くなくちゃオタクはやっていけねーんだよ。なめんなコラ。

「それでさ、本当にこの後の映画もついてくる気なの？　さすがにそれは図々しくない？」

「岩迫がいいって言ったんだからいいだろ。つーかアイツ大丈夫か？　よく初対面の野郎と一緒に映画なんて観に行けるな」

「それだけ岩迫君はピュアなんだよ。お前と違ってな」

とは言ったものの、一緒に行きたいと申し出たブルータスをあっさり受け入れた岩迫君に、私は不満を抱いていた。あれだけ「断れ……断れ……！」と視線を送ったのに、あっさりいいよときたもんだ。お人よしにも程があるぞ、まったく。

ここにはいない岩迫君に心の中で文句を垂れ流していると、突然、テーブルの下で足を蹴られた。もちろん蹴り返す。一応周りの目を気にして、無言の攻防がテーブルの下で勃発した。

「何やってんの、二人とも」

岩迫君が戻ってくるころ、私とブルータスはテーブルに突っ伏して痛みに悶えていた。

「なんっ、でもないっ、私も、ジュースのおかわりしてくる」

岩迫君と入れ替わりにドリンクバーに立つ。蹴られた足を見下ろすと、黒いタイツにスニーカーの足跡がくっきりとついていた。

「てめえっ、痛えんだよ！　その尖った靴で蹴るとかありえねえだろ！」

「そっちこそ容赦なかったじゃんっ、タイツが破けたらどうしてくれんだ」

「知るか！　アザができてたらマジ許さねえからな」

あとから追いかけてきたブルータスが自分の所業を棚に上げて喚きたてる。骨が折れたわけじゃあるまいし、なんて小さい男だ。

「どうせしょっちゅう喧嘩してんだろ。蹴り入れられたくらいでぎゃあぎゃあ言うなよ」

「女に蹴られたのは初めてなんだよ。……殴られたのもな」

恨みがましく付け足された台詞は聞かなかったことにした。あの日、どれだけ私を侮辱し、怖がらせたと思っている。

だから謝らない。絶対に、謝らないからな。

ファミレスを出たあと、映画館に向かった。当然のようについてくるブルータスには辟易したが、もういないものとして扱うことにした。

「そういえば岩迫君、なんの映画を観るの？」

前に訊いたときは「リサーチしてきたから大丈夫！」と言うだけで教えてくれなかったのだが、その大丈夫が大丈夫じゃない気がするのは彼に失礼だろうか。

「吉村、アニメ好きだろ？」

ああ、うん。好きだよ。好きなんだけどね。

「五味がさ、公開されたばかりのアニメを吉村が観たがってるって言ってたんだ。これのことだよな？」

と言って彼が差し出した前売り券は、たしかに先週公開されたばかりのアニメだった。アニメだったんだけど……。

二頭身のキャラクター！　アーンド３Ｄ！　煽り文句は『全米が泣いた』！

「わ、わーい、これすごい観たかったんだあー……」

岩迫君、これピ○サー！　私が観たかったのはサ○ライズのアニメだよ！

明らかにリサーチ不足ですやん……いや、待て、待つんだリホコ、おまかせすると言ったんだから文句をつけるのは筋違いだろう。むしろこれでよかったと考えるべきだ。

そもそも岩迫君と二人でオタアニメ鑑賞なんて拷問だろ。鑑賞中にうっかり「お、この声優○○じゃん」とか「劇場版はさらに絡みが増えていますな」とか言った日には軽く死にたくなるに違いない。

「これって評判いいよね。楽しみだなあ」

気持ちを入れなおして喜びを露にすると、岩迫君は嬉しそうに首の後ろを掻いた。

二人の間に和やかな空気が流れる……かと思いきや、

「高校生にもなってアニメかよ」

真後ろでボソっと呟く悪魔のせいで、私の浮上した気分は綺麗に磨き上げられた映画館の床に叩きつけられた。

アニメの何が悪い。スポーツとか麻雀のルールとか巨人の倒し方とか覚えられるんだぞ。

視線で威嚇するも鼻で笑い返される。なんて野郎だ。岩迫君見てた？　今の見てたよね⁉

「吉村、入る前にポップコーン買っていこうよ」

見てなかった。

キャラメルとバター醤油、どっちにしようかな？　と背後の邪悪な存在が霞むくらいのピュアっぷりを披露してくれている。

「両方買って分けっこしようよ……」

「うん！」

癒されるわー。ブルータスには岩迫君の爪の垢とまでは言わないが吐き出す清廉な空気を吸って、ぜひともその捩くれた性格を改善してほしいものである。

本命のアニメは、今度キタちゃんを誘って行こうっと。

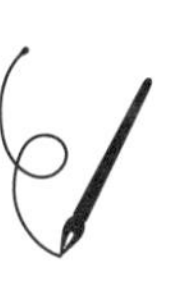

二時間ほどの作品を鑑賞し終わった私は、静かにふたつの眼鏡を外した。

「吉村、大丈夫？」

大号泣だった。

３Ｄ眼鏡なんて邪魔くせー、メガネオンメガネとか意味分からんと思っていた二時間前の私は今いない。おい、ブルータス、途中からお前口開けて寝てただろ。すっごくいい映画だったんだからな。

「お手洗いに行ってくるね」

真っ赤になった鼻と目をハンカチで隠しながらトイレに向かい、男二人には先に出口へと行ってもらった。

メイクはこまめに直したほうがいいという妹の助言のもと、濡れた頬をファンデーションで隠し、少しくずれた髪型を直した。隣では同じように身だしなみを整えている女の子がいて、慣れた動作の彼女と自分が並んでいるのが少し気恥ずかしかった。

外に出ると、出口近くはひどく混雑していた。二人を探すのは難しいかもしれない。

スマホ片手に付近をうろついていると、目立つ一団を発見した。最初は女子の集団だと思って一度は視線を外したのだが、その中心にいたのは頭ひとつ背の高い岩迫君だった。ちなみに背の低いブルータスは見事に女子の中に埋もれていた。

しかし、困った。

これはおそらく、逆ナンというやつではないだろうか。

昨今の女子は肉食と評されるが、視線の先にいる彼女らも儚げな外見に反して行動は草食獣を狩る肉食獣そのものであった。

それぞれに二人がかりでマークし、ひとりが積極的に話しかけ、もうひとりが簡単に逃げられないように衣服を握る。背後は壁だ、上手く追い詰めている。ライオンのメスだってこんなにコンビネーションは確立してないだろ、と感心しつつもさてどうしたものか。

捕まった岩迫君は傍目から見ても分かるほどに動揺していた。対してブルータスは困った顔をしてたぶんまったく困ってないに違いない。むしろどこか楽しんでいるふうにも見えるのは、この状況で一番困惑しているであろう私に気づいてのことかもしれないとまで邪推してしまった。あいつの性格からして、大いにあり得る話である。

あの中に入っていくのは、かなりの勇気がいりそうだった。どの子も可愛くて、当たり前のようにオシャレな服を着こなしている。妹のアドバイスをもらってやっと今の服を着てきた私にとっては、決死の覚悟が必要だった。

一旦、柱の後ろに隠れると、掌に三回文字を書いた。北、北、北、と。よっし、頼むぜキタちゃん。

「い、岩迫君、お待たせ〜」

この状況にまったく動じていないふうを装いながら近づくと、女の子のひとりと目が合った。

さあ、来い。

「お友達ですか？　私たちと一緒にカラオケ行きましょうよ！」

……ま、負けた。

さすが肉食、ガゼルどころかそこらへんの草程度の私ではまるで歯が立たん。

ていうか、え、私もカラオケ行くの？　行っていいの？　アニソンしか唄わないよ？

軽くパニックに陥った私は、「学校どこですか？　歳は？」と訊かれるがままにほいほい答えてしまった。ま、待て、なんで私に肉食獣の牙を向けるのだ。抵抗する暇さえ与えてもらえず、ついには連絡先の交換までさせられそうになったとき、

「あーもーうっぜ」

空気が凍った。

恐る恐る視線を向けた先では、悪魔が、その本性を剥き出しにしていた。

乾いた唇を舐めて潤し、残虐に笑う。肉食獣どころか、猛獣の匂いを漂わせたブルータスは、硬直する女の子たちを見渡した。

「お前らさあ、よくその程度の顔で逆ナンなんかできるよなあ？」

そんなに背は高くないくせに、これでもかという上から目線。女の子たちは魂が抜けたように呆然としていた。だってそうだろう、天使みたいに微笑んでいた人間がどう贔屓目に見ても善人とはいえない表情でどぎつい台詞を吐き出しているんだから。

ちなみにブルータスは雑誌の表紙を飾るモデルの女の子を見て「ブスだな」と言い放つ男である。要するに理想が高すぎるのだ。

「ちょっと、もうやめなよ」

「俺に指図するな、ブス」

「ブッ、ブス⁉」

異を唱えたのは岩迫君だった。ブルータスの豹変ぶりに絶句していた彼は、気色ばんで詰め寄った。

「吉村はブスじゃない！」

「いや、ブスだろ。現実を見ろ」

「吉村は可愛いよ！」

一瞬、周囲のざわめきが消えた。

今度は、私の顔に血が上る番だった。じろじろと見てくる他人の視線のせいで、恥ずかしさのあまり泣きたくなってくる。

こんな。こんなひとが大勢いる場所で、なんてことを。

自分が可愛くないってことくらい分かってる。現実というものをちゃんと見ている。別に卑屈になっているわけじゃない。自分の顔は嫌いじゃないし、愛着もある。

けれど。そんな私の気持ちを、ここにいるひとたちは知らない。可愛いと言われた私を見て、言葉とは違う顔があるのを見て、一体どう思うのかを想像してしまったら、ものすごくいたたまれなかった。

ブスと言われるよりも、可愛いと言われたほうが傷つくなんて、あるとは思わなかった。

「喉が渇いた」

いつの間にか元に戻っていたざわめきの中、ブルータスがけだるげに言った。

「行くぞ。どっか適当に入って、何か奢れよ」

襟首部分を摑むと、強引に引っ張っていく。乱暴で、傲慢で、けれど今は、ありがたいと思った。

公園のベンチに座ってから、およそ五分。

生憎、どこの店もいっぱいだったので、飲み物はテイクアウトした。外は薄暗いけれど、街灯はまだついていない。

私を真ん中にして、両隣に岩迫君とブルータス。映画館を出てから二人の、いや岩迫君の放つ空気は険悪だった。

ホットティーを少しずつ飲みながら、会話の糸口を見出せずにうろうろと視線をさまよわせる。繁華街に近い公園ということもあってか、目に付くのはカップルばかりだ。くっつきあった彼らに視線を固定できず、また視線がさまよいだす。

気まずい。

岩迫君は苛々しているみたいでちょっと怖いし、ブルータスはこのクソ寒いというのにアイスコーヒーを飲んで氷まで貪り食ってるし、はあ、ほんと気まずい。

「なあ、ブス。これからどうすんだ」

隣に座った岩迫君が顔を上げて、ブルータスを睨みつけた。

「そのブスってやめろよ。女の子に対して言っていい言葉じゃないだろ」

「へえへえ、ごめんなさいよっと」

「真面目に聞けよ！　吉村が傷つくだろ」

「さっきはお前のほうがこいつのこと傷つけてたけどな。恥かかせてたのに気づいてなかったのかよ」

「はあ?」

　本気で分からない、という顔をする岩迫君から視線を外し、ブルータスの足を軽く蹴った。

やめてよ、わざわざ言わなくていい。けれど、無駄だった。

「こういうモテない女はな、可愛いって言っても喜ばねえんだよ。自分の価値を知ったつもりでいるから、褒めたって認めやしねえ」

　……私を間に挟んで議論と分析をしないでほしい。

　できるだけ空気になるよう努めながら、残り少ないホットティーを口に含んだ。

「あと、お前にとっては可愛くても、他は違うかもしれねえだろ。はっきり言って、こいつはよくて十人並みだ。それを大勢のいる前で可愛いって叫ぶなんて、本人にとっちゃ嫌がらせ以外のなにもんでもないぞ」

　ブルータスの言葉がいちいち的確すぎて黙り込むしかない。会話が始まる前に、目の前の公衆トイレに逃げ込めばよかったと今さらながらに後悔した。

「……だからって、ブスはないだろ。喜ぶわけないのに」

まあ、たしかに。傷つきはしないが、嬉しいわけもない。

「じゃあなんて呼べばいいんだよ」

「吉村でいいじゃん」

「駄目に決まってんだろ！　ショータ先輩を呼び捨てにしてるみたいじゃねーか！」

こいつのブレのなさは、日本の政治家も見習ってほしいところである。

「ショータ先輩って、吉村のお兄さん？　どういうこと？」

「うちの兄ちゃんの下僕なの」

神谷なら怒りのアイアンクローをかましてくるところだが、ブルータスときたら「二年じゃ俺が一の下僕だぜ」と胸を張ってやがる。馬鹿だな、こいつ。

哀れな下僕を横目に見ながら、あと何口かのホットティーを一気に飲もうとした。しかし、横から伸びてきた手がカップを奪い取り、中身をすべて飲み干してしまった。

「ぬりぃ」

「勝手に飲んどいてその感想か。ていうか欲しいのなら欲しいって言えばいいのに。あげないけどな」

ブルータスは片頬だけを歪ませて笑うと、空になったカップを押し付けてきた。

「お前がとろいのが悪い。そんなだから、さっきのブスどもに利用されようとしてたんだ、バーカ」

「なにそれ」

「お前をダシにしようとしてたってことだよ。気づいてなかったのか」

気づいていませんでした。

ま、まじか……あれも計算のうちだったというのか。将を射んと欲すればって、私は馬扱いか、やっぱり草食か。可愛い顔してとんでもねえ肉食獣どもだな！

「もっと警戒心持ったほうがいいぞ、リホコ」

隣でブッと飲み物を噴き出す音がした。

茶色い霧となったホットコーヒーが視界の端に映る。液体を霧状に吐き出すのってけっこう難しいんだよね……グレート・ムタは易々とやってるけどあれは一朝一夕で身に付けたものではない……という現実逃避はここまでにして、ブルータスへと驚愕の目を向けた。

「なんだよ」

「今、リホコって、」

「だってそれしかねえだろ。苗字じゃ呼べねえし、ブスって呼んだら岩迫がうるせえし」

鳥肌が立った。

「うわー無理っ、本当に無理！　見てよ、鳥肌がすごいことになってる！」

「気温のせいだろ」

「ぜってー違う！　こんなことならブスでいい私は一生ブスでいい！」

「ワガママ言うな。あと、俺がブス呼びやめたんだから、お前もブルータスとかいうのやめろよな」

私の主張のどこにワガママな成分が含まれていたというのか。そういうブルータス、いやタモツこそ、自分を構成する成分のおよそ半分はワガママであることを自覚したほうがいい。

言い返す気力もなくて重たいため息をこぼすと、それまでずっと咽せていた岩迫君がゆっくりと立ち上がった。

コーヒーまみれの口元をぬぐい、大きく息を吸い込んだ彼は。

ブスも駄目だけど、名前はもっと駄目、かあ。

岩迫君は私を恥ずかしさで死なす気か。

ちらりと隣の彼を盗み見ると、タモツとなにやら言い争いをしていた。最初はどっちが私を家まで送っていくかという話だったのに、今はコロッケには何をかけるかで揉めていた。コロッケには何もかけずに肉汁と胡椒のハーモニーを楽しむのが至高と決まってるだろうが。

二人のソースVSマヨネーズ（コロッケに謝れ）論争を聞きながら、私の足はこの日とうとう限界を迎えた。

「ちょ、待った。二人ともストップ」

可愛いと思って買った靴だったけど、踝にストラップが擦れたせいで、タイツの上からでも少し血が滲んでいるのが分かった。

うんざりしたようなため息が、上から降ってきた。

「女ってなんで痛い思いまでしてそういう靴履くんだ？」

「可愛いから」

タモツが鼻で笑った。言いたいことは分かるけど黙っててくれ。

「可愛くなろうとする女の努力を笑うな」

私はオタクで、三次元より二次元が好きで、でも現実に生きている。可愛く見られたいという当たり前の欲求を抱えているのだ。それを曝け出すのが以前は恥ずかしかったし、私程度の人間がなにをやっても無駄だと思っていた。

でも岩迫君は、そんな私の努力を、願望を、一度も笑ったりはしなかった。

今になって気づく。彼は最初からちゃんと女の子扱いしてくれていたのだ。

「岩迫君、本当は嫌じゃなかったよ」

とてつもない羞恥を覚えたのは事実だ。でも周りにひとがいなかったら、私と岩迫君だけだったら、きっと、もっと別の反応ができていたと思う。そう考えると、あそこが映画館だったのがちょっと残念だった。

「ありがとう。可愛いって、言ってくれて」

　本当はタモツがいなくなったらお礼をするつもりだった。でもこいつ図々しくずっとついてくるし、外野がいてごめんね。

「それ、本当？　俺、ずっと傷つけたんじゃないかって、気にしてて、」

「可愛いって褒め言葉だもん。素直に受け取れない私がまだまだ未熟者だったんだよ」

「吉村……あっ、そうだ俺、絆創膏持ってる！」

「ほんと？　もらっていい？」

「うん。もっと早く言ってくれたらよかったのに」

「靴が痛いからなんて言いにくいよ。誰かさんが言ったみたいに『だったら履いてくんなよ』って言われたくないもん」

　タイツの上からもらった絆創膏を貼ると、痛みは随分とマシになった。もう一度お礼を言うと、岩迫君が手を引っ張って立ち上がらせてくれた。

「本当は今日、吉村と二人きりがよかった」

「だったらタモツのこと、断ってくれたらよかったのに」

「でもバイト先が一緒なんだろ？　断ったら、あとで気まずいかなって」

「だから一緒に来てもいいって言ったの？」

　私のために悪魔を招き入れたというのか。聖人か、君は。

てっきり断りきれない岩迫君の性格のせいだと思っていた自分が恥ずかしい。気を遣わせてごめん、と俯きながら謝ると、彼は気にしてないという顔で笑った。

うふふ、へへへ、と互いに照れ笑いしていると、目の前を急に悪魔が遮った。

「いつまでイチャついてんだ。俺は寒いんだよ、さっさと帰るぞ」

「吉村は俺が送っていくから、タモツは先に帰っていいって言ってるのに」

「そうだよ。岩迫君に送ってもらうよ」

ねー、と視線を交わしあう私たちの間で、タモツは明らかに苛々していた。だから、失態を犯した。

「却下だ！　お前らをくっつけるなって言われてんだよ！」

言った直後に、はっと口を押さえるが遅い。遅すぎる。

おい、今、なんて言った。

「……どういうこと？」

突然バイト先に現れたり、デート現場に乱入したり、不可解な行動の裏側には第三者の存在があった、そういうことか。

ただならぬ空気を発する私から、タモツは動揺した顔で距離をとった。

「お、俺は何も知らねー！」

「何も知らねーわけねーだろ！　吐けっ、誰に頼まれた！」

「ううううるせえ！　今日のところは帰ってやる！　明日のバイト遅れんじゃねーぞ！」

微妙な捨て台詞を残し、タモツはまさに尻尾を巻いて逃げていった。

甘酸っぱかった空気は霧散し、元々小さいタモツがさらに小さくなっていく様を、私たちはただ呆然と見送った。

17 プロポーズ

チャイムが鳴ると同時に、教室を満たしていた緊張感がふっと消えた。

「はい、終了ー。ほらそこ、もう書くなよ」

中間考査が今日で終わった。五日間に及ぶ死闘を乗り越えたクラスメイトたちは、半分がやりきった表情を浮かべ、残り半分の半分が放心し、さらに残った半分の半分の半分が青い顔をして、最後に半分の半分の半分のはんぶ……あれ、半分の半分の半分だから？　ん？　お？　私は誰？　ここはどこ？

「吉村、大丈夫？　顔色悪いけど」

「はんぶんのはんぶんがはんぶんで」

「吉村が壊れた！」

なんかいわさこくんがさわいでる。というかねむすぎてかんじへんかんもままならんわ。

「徹夜したのか？」

「した」

しかいきいろい。てあしびりびり。あーるぴーじーでいう、じょうたいいじょうというやつである。だれかぽーしょんもってきて！

「ホームルーム始まるまで寝たら？　先生来たら、起こしてやるからさ」

やさしいことばをきいたしゅんかん、わたしはつくえにつっぷした。おやすみなさい。

どれほど時間が経ったただろうか。少なくとも私の漢字変換機能が回復する程度には時間が経過したらしい。

「……しむら……しむら」

志村なんて子、うちにいたっけ。思い出せないなあ、まだ記憶機能が完全回復してないのかなあ。そうです私が変なおじさんです、ってツッコミ機能は回復してるのになあ。

「よしむら、吉村」

肩を揺り動かされ、刺激で目が開く。のろのろと顔を上げてみると、教壇に立つ茂木先生が見えた。ホームルームはすでに始まっていた。

教室の時計は試験終了から二十分後を指していた。かなり深く眠れたお陰か、さっきよりずっと頭がすっきりしている。

「起こしてくれてありがと」

「いつもは徹夜なんかしてないよな？」

「うん。今回はちょっと集中できなくて」

まさか漫画読んでたらこうなったなんて言えるわけがねー。

試験前日に単行本全三十三巻を一気読みさせられるなんて、名作の力をなめてたぜ。あと一巻だけ、が最終巻まで続いちゃうんだもの。

幸いだったのは、今日の試験のひとつが地理であったことだ。この試験は授業中にとったノートが点数を左右する。教科書なんてあってないようなもの。「俺の授業を聞けー！」な地理担当の教師がつくった試験は、黒板にすら書かれていない雑談から出題されることもしばしばだ。その点、私が作成したノートに隙はなかった。ノートの内容を暗記して挑んだ試験は、なかなかの手ごたえを摑むことができた。

もうひとつの試験は国語だったが、出題範囲の漢字を頭に叩き込んで、あとはぶっつけで挑んでやった。これはさすがにヤバい。

「赤点いったかもしれない」

「吉村が？　それはないだろ」

「岩迫君は私を過大評価してる」

英語なんて平均点がやっとだし、得意の数学も気を抜けばイージーミスをする。それに比べて岩迫君は全教科で同じくらいの点数をとっているんだよね。つまりは頑張り次第で全教科が一気に上がるということだ。

彼のポテンシャルに戦々恐々しながら眼鏡を拭いていると、前からプリントが配られてきた。一枚とって後ろの甲斐君に回す。拭き終わった眼鏡をかけて改めてプリントを見ると、それは進路希望調査票だった。

「あと一学期残ってるけど、あっという間だぞ。それぞれ真剣に考えて提出するように」

茂木先生の言葉を聞いている生徒はあまりいなかった。私を含め、進路なんてふわ～っと考えていたに違いないクラスメイトたちは、急に目の前に突きつけられた現実に戸惑っている。

大半が進学を希望するんだろうけど、中には就職って子もいるかもしれない。私は、……私、どうしたいんだろう。


ホームルームが終わった後、進路希望調査票を睨みつけながら自宅までの道をたどっていた。

いつもなら午前中で終わった試験日は浮かれた足取りで帰っているところだが、今の私ときたらカートを押したおばあちゃんにすら追い越されるほどの低速度である。立ち止まってはため息を繰り返し、進路希望調査票を様々な角度から眺めてみる。

進学を希望する場合は、大学名と学部名を書く欄に記入しなければならない。就職なら職種。高校を卒業してすぐに就職はたぶんないだろう。私の夢は、まあ、漫画家、だけど、それはない……たぶん。

これまで漠然と考えていた漫画家への道が、果たして正しいのかどうか、急に分からなくなってしまった。いや、急にじゃない。最初から分かっていなかったのに、考えないようにしていたのだ。漫画家になりたいという夢だけ見ていて、そこに至る様々な難題を見て見ぬふりをしていた。将来、必ず悩み苦しむ日が来ると分かっていたけれど、向き合う勇気が持てなかったのだ。

大学に進学して、就職して、働きながら漫画家を目指す。具体的な要素を一切含まない、これが私の描いていた漫画家への道。正直、すっかすかである。

まずどこの大学の、なんていう学部に進んで、どんな会社に就職するのか。そして本当に私は働きながら漫画家への道を諦めずにいられるのだろうか。忙しさに負けて夢を捨てざるをえない状況がないとは決して言えない。だったらはなから就職はしないで、バイトをしながら漫画を描いているほうがいい気がしてくる。

そもそも大学進学だって、私自身、本当にしたいかどうかは疑問だった。大学に進んでまで学びたいことがあるかどうか訊かれたら答えに窮してしまうし、本音を言えば、皆行ってるから、就職に有利だから、という答えしか持っていない。

条件のいい会社に就職するなら大学に行くべきなんだろうけど、漫画家という夢に、果たして大学は必要なんだろうか。普通に考えれば、寄り道なしで進めば最短距離で目的地まではたどり着ける。

でも、でも。大学に行っておけば、漫画家になれなかったとしても、大卒というカードは手に入れられる。逃げ道は作っておくべきだ。

気づけば、立ち止まっていた。

嫌になるくらい頭の中が冷えて、心臓がドキドキと鼓動を打っている。気温が低いのに冷や汗が浮き、自分の考えたことに寒気が止まらなかった。

どうしよう、私、こんなのでいいのか。逃げ道を考えてる時点で、漫画家になろうなんて甘いんじゃないのか。

嫌な考えを振り切るように、今度は早足で歩き出した。

寝不足だ。寝不足のせいでネガティブなことばかり頭に浮かんじゃうんだ。家に帰って寝て起きたら、また違う考え方ができる。明るい未来を思い描ける。

家の前までたどり着くと、急ぐように鍵を取り出した。鍵穴に入れて回そうとした瞬間、内側からドアが開き、驚いた私は数歩後ずさった。

「びっくりした。リホか」

「神谷、さん」

背中に門扉がぶつかって派手な音を立てた。私のあまりの取り乱しように、神谷は笑顔のまま固まった。

「あー……ごめん。リホちゃんがいるとは思わなくてさ。当たらなかった？」

「だい、だいじょうぶ」

「そうは見えないなあ。顔色悪いよ」

目の前に立つ神谷は、いつもの制服姿やラフな私服姿でもなかった。私は動揺を忘れ、その姿をまじまじと見つめた。

「神谷さん、ついにホストに転身したんですか」

「あは、リホちゃんもそう思う？」

ボタンの外れたシャツに、ネクタイのないスーツ姿は、夜の街にいるお兄さん、つまりはホストそのものだった。

それを否定もせず、神谷はスーツのポケットに手を入れてポーズをとってみせた。決まり具合に、見てはいけないものを見てしまった心地になる。制服を着ていたら高校生だって分かるのに、今の神谷ときたらまるで大人の男のひとだ。

「髪、切ったんですね」

チャラさ全開だった髪型までもが今日は違う。首筋にかかっていた髪はすっかりなくなっていた。

「切ってないよ。後ろでまとめてるだけ。まあ就職決まったら切らなきゃいけないかもしれないけど」

「就職⁉」

ホストの話はマジだったのかよ。いやでも神谷の顔はいわゆるイケメンだし、口も上手いからな。客の女性を言葉巧みに操ってドンペリを注文させるなんてこと、朝飯前かもしれん。

「源氏名はもうお決まりで?」

「ショータはどうかな」

「兄ちゃんかよ」

本人に知られたら店ごと破壊されかねんぞ。

「ていうか、ホストじゃないけどね。知り合いがやってる会社だよ。今日は面接に行ってきた帰りに寄ったんだ」

「え、じゃあ本当に就職するんですか。大学は?」

「行かない。やりたいこともないしさ」

「で、でも、大卒じゃないと、将来困りませんか?」

「そんときゃそんとき」

「……ご両親はなんて言ってるんですか」

「別に何も。就職するんなら、それでいいって」

神谷の両親は放任主義なのだろうか。普通、自分の子供が進学しないって言ったら反対するもんだと思うんだけど。でも経済的な事情もあるかもしれないし、ここはあまり深くつっこむのはやめておこう。

「じゃあ神谷さん、来年には社会人になってるんですね」

「だねー」

不安なんて何もないって顔を見ていると、胸の中に黒いものが渦巻くのを感じた。ずるい、羨ましい。手の中にあった進路希望調査票が、くしゃりと音を立てる。

「ねえ、それなに」

「え、ああ、進路希望調査票です。ホームルームで渡されて」

「ふうん。そういえば帰ってくるの早いね。サボり？」

「まさか。今日で中間考査が終わったんです」

「じゃあこれから暇？　暇だよね。ランチ食べに行こっか。奢るよ」

進路希望調査票を握った手とは反対の手を掬い取られ、門扉の外へと連れ出される。あっという間のことに、抵抗する間もなかった。

「ファミレスでいい？　近くにあったよね」

「ちょ、ちょっと、神谷さん」

「試験の出来はどうだった？」

「え、あ、あんまり」

「そっかー。次頑張ればいいよー」

「適当だな……」

十分くらい歩くと大通りに出る。信号を渡ったところにあるファミレスは、平日のせいもあってすぐに入ることができた。

「ねぇリホちゃん、何食べる？」

「チーズハンバーグ」

「美味そうだね。俺はどうしよっかなあ」

大きなメニューを嬉しそうに眺める神谷から視線を逸らし、ずっと握りっぱなしだった進路希望調査票をテーブルに広げた。皺だらけで、ぐちゃぐちゃになっていた。

「決めた。俺はハンバーグドリアにする」

「じゃあ店員さん、呼びますね」

テーブルに備え付けられたボタンを押すと、すぐに女性の店員がやってきた。そして私と神谷を見て、一瞬変な顔をした。

注文をとった店員が去っていくのを見送ったあと、暢気にお冷やを飲んでいる神谷の足を軽く蹴った。

「ホストだと思われてましたよ、絶対」

「えー、ホストは夜行性でしょ？　昼間には出没しないって」

「神谷さんはともかく、私まで誤解されてたら最悪だ」

「ホストと女子高生の組み合わせか。色々と妄想が捗るねえ」

気にしていないどころか楽しんでいる様子の神谷を見て、これ以上の抗議は無駄だと悟った。

「リホちゃんはさ、大学行くの？」

「え……はい、たぶん」

「行きたくなさそうだね」

テーブルの上にある皺だらけの進路希望調査票。慌てて折りたたむと、鞄の中に突っ込んだ。

「行きたくないとかじゃ、ないんです」

「じゃあ何をそんなに悩んだ顔してんの？」

「……大学、行く意味があるのかなって」

違う、そうじゃない。進学の是非とか、就職とか、そういうのじゃなくて。

「夢が、あるんです。だから大学に行くのは、逃げな気がして、でも行かないと不安で、そうやって悩んでる自分が嫌なんです」

進学しておけば、夢が叶わなくても就職に有利だ。

結局、私が私を一番信用していない。漫画家になれないって誰よりも私が思ってる。それが、悲しくて、悔しくて、でも仕方ないかと思う自分がいて。

「逃げ道用意しとくのって、当たり前じゃないの？」

いつの間にか俯いていた顔を上げると、神谷が首を傾げて私を見ていた。

「だってさ、夢が叶わなかったとしても、リホちゃんの人生は続くわけじゃん。逃げ道なくして夢に挑んで、駄目だったあと何もない状態でやってくのって辛くない？」

「でも、でも、それくらいしなきゃ、夢は叶わないでしょ」

「そーかなー？　まあ中には夢だけ追って叶えるヤツもいるんだろうけど、ちゃんと逃げ道用意して、万全の態勢で夢に向かってるヤツもいるんじゃないの？」

「それは、そうかもしれませんけど」

「ていうか、リホちゃんの夢ってなに」

「……漫画家」

「へー、漫画家って大学行ったら叶わない夢だったんだ」

「そんなわけないでしょ！」

「だったら大学行けよ」

神谷の言うとおりだ。でも、大学に行ったとしても、会社に就職しないんじゃ意味がない気がするし、かといって私が漫画家になれる保証もないんだけど。

「リホちゃんが悩んでんのは、バイトやって漫画家目指すか、会社に就職して漫画家目指すかだろ。だったら会社にいるほうが給料もいいし、生活も安定するじゃん。逃げとか逃げじゃないとか、そういうの置いといて、もっと現実的に考えろよ」

「でも、会社に勤めだすと忙しいって聞くし、実際、画を描く暇がないっていうひとも知ってるし」

ネットで繋がったオタクの知り合いの話だけど。漫画家を目指していたものの仕事仕事で、今はもう趣味の範囲でしか描いていないという。

「バイトだろうが、会社員だろうが、やらないヤツはやらないよ」

「神谷さん、漫画を描いたことないでしょ。大変なんだから。簡単に言わないでください」

「知らないから言ってんだよ」

会話がヒートアップして、私たちがいるテーブル周辺は険悪な雰囲気になった。神谷が珍しく苛ついた表情をしているのは、私が甘っちょろいことばかり言って結論を出せないでいるせいだろう。

神谷の言い分が正しいことくらい分かってる。でもさ、将来のことを決めるのが、こんなに怖いものだとは思ってなかったんだ。

「チーズハンバーグと、ハンバーグドリアのセットをお持ちしました〜」

無言で向かい合う私たちの元に、注文した料理が届けられた。熱した鉄板がじゅうじゅうと音を立て、はねた油が制服に飛んだ。

「ほら、これ使いなよ」

「……ども」

神谷から紙エプロンを受け取り、食事をすることにした。ハンバーグを半分に割ると、中からチーズがとろりと溶け出してきて、それが鉄板に落ちて香ばしい香りを放つ。目の前では神谷がドリアを食べながら、私の食べかけのチーズハンバーグに視線を注いでいた。

「食べる？」

「食べます？」

まったく同じタイミングで言ったのがおかしくて、二人して噴き出してしまった。

「俺とリホちゃん、食べるときいつも半分こしてるよね」

「そうですね」

料理を交換して食べる。ドリアうめぇ。カリカリになったチーズがまた美味し。チーズハンバーグもそうだけど、スーパーで売ってるピザ用チーズとかじゃないんだろうなー普通に買ったら高いんだろうなー。

「ごめんな、リホちゃん」

先に食べ終わった神谷の突然の謝罪に、スプーンを動かす手が止まる。不思議そうに見つめると、神谷はバツが悪そうに笑った。

「悩んでるリホちゃんが羨ましかったんだ。意地悪言って、ごめん」

テーブルに両手をついて頭を下げられ、慌ててスプーンを置いて肩を押し返した。

「羨ましいって、私のほうが神谷さんのこと羨ましいって思ってましたよ」

「そうなの？」

「だって将来のこと自分でちゃんと決めてるし、私みたいにうじうじ悩んでないし」

一足早く大人になった神谷に嫉妬していた。一歳差なんて関係ない。きっと一年たっても私は同じことで悩んでいるだろうから。

「違うよ、リホちゃん」

「なにがですか」

「俺はね、夢を諦めただけだよ。最初から逃げ道に飛び込んだの。だから羨ましがっちゃ、駄目だよ」

思わぬ告白に固まっていると、「冷えちゃうよ」と言われたのでスプーンの動きを再開させた。けどさっきと違って味に集中できない。

「中学のときにはもう諦めてたから、もういいんだけどさ。でもリホちゃんには諦めてほしくないっていうか、俺みたいになってほしくなかったから」

「……ちなみにどんな夢だったんですか」

「えー言うの？　恥ずかしいなあ」

珍しく本気で照れている神谷の口から、「古生物学者」という単語が出てきた瞬間、意外すぎてハンバーグの欠片が喉に引っかかってしまった。

「あーあー、ほら、水飲んで」

ようやく落ち着いたころ、まじまじと正面に座る神谷を凝視した。

「こせいぶつがくしゃ?」

「そ。恐竜のね」

「きょうりゅう」

小学生のとき、いたなー。恐竜の化石を発掘して、新種に自分の名前をつけるんだーって言ってた子が。

「そうそう、俺も言ってた」

「カミヤノドン……」

「いや、そこはカミヤサウルスで」

「まだ好きなんじゃないですか」

「うん、好き。でも俺じゃ学者にはなれないよ」

神谷の顔から視線を無理矢理外し、まだ残っていたドリアを掻き込むようにして食べた。胸が苦しかった。

私は、嫌だ。笑いながら、諦めたなんて言いたくない。

「ねえリホちゃん、逃げ道、もう一個作らない?」

頬杖つきながらこっちを見つめる神谷の目が、悪戯めいて光っている。なんですか、とかな

り警戒して尋ねたら、

「俺と結婚しよ」

軽く、かるーく言われた。

「……デザート食べていいですか」

「いいよー」

大判のメニューで顔を隠す。いきなり何を言ってんだと悪態をつきたくなるのを我慢、我慢。

「そういえば俺、リホちゃんに告白したんだけどなあ。なのに家の前で普通に応対されたからびっくりだよ」

「メッセージアプリで告白なんて、私は認めません」

「えー、現代っ子ぽくっていいじゃん」

「まったく本気が感じられない……」

岩迫君を見習ったらどうですか。

ぽろっと言ってしまってから、マズイと息を呑んだ。いやでも本当のことだし。岩迫君の告白と神谷の告白を天秤に載せたら、天秤ぶっ壊れる勢いで傾いて、神谷の告白なんて空の彼方に飛ばされてるよ。それくらい重みが違うと思う。

メニューの上のほうからそっと正面を覗くと、にんまり笑った神谷と目が合った。

「岩迫と付き合ってんの？　この前、デートしたんだろ？」

「付き合ってませんけど。ていうかデートのこと、なんで知ってるんですか」

「なんでだと思うー？」

大方、家でカナから聞いたりしたのだろう。あいつリビングで兄ちゃんにも言い触らしてたからな。お陰で食事中に交際は許さんとか、どこぞの親父みたいに説教受けたわ。そっちは爛れた異性関係持ってるくせにさ。

「ストロベリーパフェにします」

「じゃあ俺はシャーベットね」

通りかかった店員に注文を伝えて、ついでに空になった皿も下げてもらった。店員が十分に離れたあと、私は言った。

「神谷さんって、本当に私のこと好きなんですか」

「好きだよ」

「ほんとに？　さっき食べたハンバーグのほうが重く感じるのは私だけですか」

「伝わらないかなー？　俺はこんなにもリホちゃんのことが好きなのに」

両手を広げてアピールする神谷からは胡散臭いオーラしか感じなかった。本当に来年は真っ当なサラリーマンになっているのか、かなり疑問だ。ホストか結婚詐欺師をやっているほうがまだしっくりくる。

「それにリホちゃん、誰かを好きになったことないだろ？　なのに俺の気持ちを否定するんだ」

分からないくせに。

言った直後に、神谷がびっくりした表情のまま固まった。私は咄嗟に俯いたけれど、顔を見られてしまった。神谷の言葉で、予想外に傷ついている自分がいて、それがたまらなく恥ずかしかった。

「ごめん！　ごめんリホちゃん。泣かせるつもりはなくて」

「泣いてないです。バカ」

「うわあもう泣きそうじゃん。えーっと、そっち行っていい？　行くよ」

空いた隣のスペースに神谷が滑り込んでくる。膝同士が触れて、体が密着してくるのが分かった。それでもドキドキしなかった。抉られた胸の傷のほうがよっぽど深刻だったからだ。

「好きにならなくてもいいって、先生言ってたもん」

「先生？　先生とそんな話してんの？」

「誰かを好きにならなくても公務員になれるし、学者にだってなれるもん。恋愛がなんぼのもんじゃい」

「そだねー、うんうん、俺もそう思うー」

わしわし頭を撫でられて、傷つけられた心が次第に落ち着くのが分かった。けれど傷口は塞がらなかった。神谷が放った無意識の刃の切れ味のすごさといったらない。

「俺ね、リホちゃんのこと好きだよ。ちゃんと好き」

頭を抱え込まれ、側頭部に重みがのしかかった。半分抱きしめられているような形になったが、抵抗する気にはなれなかった。近くのテーブルに座っていたおっさんと目が合い、カップルうぜーという顔をされた。違うし。

「でもさ、リホちゃんの言うとおり、キスとかセックスしたい好きとはちょっと違う気がするんだよね」

なにげなくアレな単語が飛び出してきたが、神谷さんここどこだか分かってますか、ファミレスですよ、ファミレス。ファミリーたちが集う場所で何言ってんだあんたは。

「可愛いなー、守ってあげたいなー、苛めたいなーって思うんだ。リホちゃん、これってなんだと思う？」

「苛めたいなーがいらないっすね」

「俺もこんなの初めてでさ、けっこう余裕ないわけ。リホちゃんを見てると、大いなる愛を感じるときがあって、自分でも戸惑うんだ」

なんか壮大な話になってきたんだが。なんだよ、大いなる愛って。

「もしかしたら俺が今まで恋だと思ってたのって、違ってたのかも」

「……私には分からないです」

「うん、俺も分からない。だからさ、分かんないモン同士、付き合わない？」

至近距離で神谷が覗きこんできた。きりりとした眼差しが、本気だと告げている。岩迫君と同じ目が、そこにはあった。

「私は」

知らないうちに口の中が乾いていた。一度つばを飲み込む。少しだけ神谷から距離をとって、視線を交わらせた。

「サラリーマンやってる神谷さんが、ちょっと想像できないです」

「ん？　話戻ってない？　俺、告白の返事を訊いてるんだけど」

「分かってますよ。ちょっと黙って」

片手を突き出すと、ヤツは素直に口を噤んだ。よろしい。

「神谷さんは世渡り上手そうだし、出世しそうだけど、恐竜が好きって言ってたときのほうが、私は好きです」

「リホちゃん」

「もし付き合ったとして、夢を諦めた神谷さんを間近で見るのは、正直嫌です。夢を諦めない私を見せ続けるのも、居心地悪いと思います」

今私は、最っ高に甘っちょろいことを言っているんだろう。分かってる。分かってるけど、私は、神谷はまだ十代で、つまりは夢を諦めるには早すぎる。

「だからごめんなさい。神谷さんのことは男の人として好きじゃないし、好きじゃないことしてるのを見るのも辛いから、だから付き合えません」

ガタガタッと音がしたのでテーブルのほうを見てみると、ちょうど店員がデザートを置いているところだった。かなり動揺していらっしゃる。すいませんね、ブスがイケメンを振っているところを見せてしまって。

「デザート来ましたし、食べましょう」

振られたあとは甘いもんが一番よ。うめーうめーここのファミレスのパフェは中々だな。

「リホちゃんがけっこうしっかり振ってきたからびっくりしてる俺がいる……」

「二度目ですから」

「岩迫もこんな感じで振ったの？　エグいよ、リホちゃん」

キタちゃん曰く、私の振り方は素人が覚えたての格闘技を使い、加減も知らずに相手をボコボコにした所業と等しいらしい。しかし相手も相手で起き上がってくるから、私はまた慣れない格闘技でぶちのめさなきゃいかんわけで。

「神谷さん、デザート半分こしましょ」

ただこれだけで、いいんだけどな。

一緒にごはん食べて半分こして、それだけで私、楽しいのに。

「すっげー眠たい」

腹が膨れたせいか、ファミレスから出た瞬間、猛烈な眠気に襲われた。そういや私、徹夜したんだっけ。

「足、引きずったらこけるよ」

「そんときゃ支えてください」

「おんぶしようか？」

「セクハラ」

「今のは完全なる優しさで言ったんだけど」

そりゃすまんかった。でもおんぶなんてして街を練り歩いた日にゃ、近所のおばちゃん共の格好のエサになる。

自宅の前に辿り着くと、私は眠気を振り払い、きっちり頭を下げた。

「ありがとうございました」

「いいよ、メシ代くらい」

「じゃなくて、名前」

「え？」

「呼び捨て、すぐにやめたでしょ。私が怖がったから」

家の前で会ったとき、すぐに呼び方を変えてくれた。そういう咄嗟の気遣いに、きっと私は知らないうちに何度も助けられてきたのだろう。

修学旅行中にくれた告白の言葉だってそう。あのとき勇気が出たのは、神谷のお陰だ。ありがとうなんて、今はまだ言わないけど。

神谷はなんとも言えない顔をして、ゆるく首を回した。空を見上げて、あー、と唸っている。

「ごめん、ちょっとこれ持ってて」

急に鞄を渡されて、素直に受け取ってしまった。目の前で神谷はシャツのボタンを留め、ポケットからネクタイを取り出し、首に巻き始める。ちょっとぎこちない手つきだったけど、一分もかからず装着した。

スーツとは本来そうあるべきという着方をした神谷が、スッと背筋を伸ばして私を見下ろした。よし、という掛け声と共に、ヤツは地面に片膝をついた。

「吉村里穂子さん」

近づく目線。ただぱちくりと瞬きを繰り返す。ぽっと口を開けたマヌケ顔の私に、神谷はやさしい眼差しを注いだ。

「好きです」

茫然自失となっている私の両手を掬い取り、ヤツはさらに言った。

「君に見合う男になるまで、待っていてくれませんか」

「か、神谷さん？」

「他の男のものに、ならないで」

放心したままの私の頬を撫で、神谷は今まで見せたことがないくらいふんわりとした表情を浮かべた。

つまりは諦めないと宣言されたわけで、それなのに私は血の気が引くどころか、熱を持って目の前のひとの存在を感じ取ろうとしていた。ちっとも嫌じゃないのが不思議で、視界がクラクラして、ついには膝から頽れた。

「リホちゃん!?」

咄嗟に神谷が受け止めてくれたお陰で、固い地面に倒れることはなかった。やっぱりリホちゃん呼びが一番安心するなあと考えながら、制服の上から胸を押さえる。

顔が熱くて、心臓がドキバクしてるけど、これって寝不足のせいに違いない。

焦る神谷の声を聞きながら、私の瞼は眠気と現実逃避によってゆっくりと閉じていった。

番外編 タモツの野望(回想)

俺が初めてショータ先輩に出会ったのは、転校初日のことだった。

「あーあー」

散らばる惣菜、割れた弁当箱。

そして、地に伏す俺の喧嘩相手たち。

「もったいねー」

「おいショータ、なんで掻き集めてんだよ。まさか食うつもりか?」

「食う」

「やめろって！　腹壊すぞ」

「リホが悲しむ」

「いや、砂まみれになった弁当食ったなんて知ったら、リホちゃん確実にドン引きするから」

散らばった弁当の残骸を中心にして騒ぐ見知らぬ三年生、その中のひとりに、俺の視線は釘付けだった。いきなり現れたかと思うと俺の喧嘩相手を次々になぎ倒していった金髪の男。ショータと呼ばれた先輩に、一瞬で心臓を持っていかれていた。

知りたい。

このひとのことを、もっと知りたい。近づきたい。

覚えのない感情に突き動かされ、体が動く。さっきの喧嘩で割れた額から、興奮のせいか血があふれ出してきた。でも、どうでもいい。俺はやっと見つけたんだから。

「いいから捨てろって」

「嫌だ」

「待って。ほんとに食べるの？　ほんとに食べるの？」

「澤田、浅野、ショータを押さえつけといて。今、リホちゃんに連絡するから」

「やめろ神谷！　リホに言うんじゃねえ！」

「リホちゃんから言ってもらわなきゃ、お前は食うだろうが」

弁当の残骸を拾い集めようとするショータさんを、澤田と浅野と呼ばれた二人が羽交い締めにする。その間に神谷という男がスマホを操作していた。

ショータさんを助けなきゃ。駆け出そうとした俺は、直後に脚を引っ掛けられて転倒した。

「もしもし、リホちゃん？」

立ち上がろうとすると、今度はぎゅむっと背中を踏まれる。再び地面に突っ伏した俺が見たのは、スマホ片手に背中をぐりぐりと踏みつける神谷という男の涼しい顔だった。

「あのね、ショータがさっき、ぶつかられて弁当箱落としちゃってさ。でね、落としたやつ食おうとしてんの。なんとか言ってやってくんない？」

　会話をしながらも神谷という男は足の下から這い出そうとする俺の背中をさらに踏み込んでくる。まったく容赦の無い足から逃れようと必死にもがいていると、今度はどすんと背中に衝撃が襲った。

「おいショータ、リホちゃんが代わるって」

　俺の背中に腰をかけた状態で、神谷という男がスマホを澤田か浅野、どっちか分からない男に手渡す。それをショータさんの耳元に近づけると、ショータさんは眉間にぐっと皺を寄せた。

「お前、何年？　小さいし、一年か？」

「んだと!?」

　俺の体の上に居座る男を首を捻って睨みつけると、ニコリと笑顔を向けられる。直後に顔面を地面にこすり付けられていた。

「お前が殴った相手がショータにぶつかったせいで、この有様だよ。どうしてくれんの？」

「っるせぇ、どけよ!!」

「もしかしてお前、二年に入ってきた転校生？　喧嘩ばっかしてるって聞いたけど、そうか、お前かあ」

　ぐりぐりぐりぐり、満遍なく地面に顔を押し付けられてから、不意に頭部を持ち上げられる。

視線の先には、「わかった……食わない……」と悲痛な表情を浮かべるショータさんがいた。

苦悩する表情も素敵だと思った。

「ショータに一目惚れしたろ」

「した」

「おお、即答」

神谷という男は、哀れんだ目を俺に向けていた。心底同情するという視線の意味がまるで分からない。あのひとと出会えたことは、こんなにも素晴らしいことなのに。

「お前、名前は？」

「なんでアンタなんかに」

「俺、ショータのダチだよ？」

「タモツユタカ」

名前みたいな苗字だな。神谷、あらため神谷先輩はそう言って腰を上げた。

「タモツ、購買行ってパン買ってこい」

「はぁ？　やだよ」

「ショータのパン、買ってこい」

「行ってきます！」

この日、顔面血だらけの状態で購買を訪れた俺は無事パンを購入し、ショータ先輩に献上した。俺が買ってきたパンを頰張るショータ先輩の尊いお姿を、チャイムが鳴るまで見つめ続けた至福の時間はあまりにも短かった。

これからもお傍にいさせてくださいと意を決して告白したら、ショータ先輩はしばらく間を置いて、そして頷いてくれた。

神谷先輩の哀れむ視線はよりいっそう強くなった。けれど俺は幸せだった。代わり映えしない毎日が、ショータ先輩という存在によって破壊され、鮮やかに彩られる日々に変わったのだから。

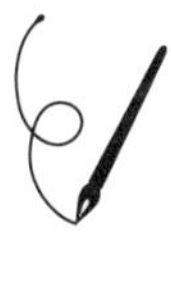

出会いから数ヶ月たった今も、ショータ先輩は変わらぬ輝きを放ち、佐倉木高校を照らしている。俺の崇拝の念は時間とともに深まるばかりで、二年で一番の下僕、忠犬のタモツなどと呼ばれている。まったく光栄なことだ。

「おうタモツ、来たな」

屋上の扉を開けると、手すりに寄りかかった神谷先輩が待ち構えていた。すぐにショータ先輩のお姿を探したが確認できなかった。なんだアンタひとりかよ、残念だ。

神谷先輩がいるところまでだらだらと歩き、目の前で止まった。このひとはショータ先輩の名前を使って俺をパシリにするから苦手だ。

「用ってなんですか」

またショータ先輩の名前を出して俺を利用する気だろう。早く卒業しろってんだ。……いや、駄目だ、このひとが卒業するってことは、ショータ先輩もこの学校からいなくなるってことだ。なんで高校生活は三年間しかないんだろうか。しかも俺は二年の途中で転校してきた。他所で無駄な時間を過ごしてきたことを、後悔しない日はない。

「タモツぅ、考えごとか？」

「……いえ」

正面に立つ神谷先輩の目がまったく笑っていなかった。ぞっとして思わず一歩後ずさる。その分、先輩が距離を詰めてきた。

「お前、ショータに隠れて色々やってるそうだね」

「なんのことですか」

「隠したって無駄だよ。お前のこと、見たってヤツがいるんだ。そいつが教えてくれてね」

「さあ、言ってることがよく」

視線を顔ごと逸らす。それがいけなかった。あの日あの女に殴られた頬を先輩の前に無防備に曝け出してしまったから。

「リホちゃんに手ぇ出してんじゃねえぞ」

衝撃が左の頬を襲った。堪らず屋上の床に倒れこむ。あの女とは比べものにならない重い拳を受けて、脳が一瞬揺れた。

「神谷、せんぱい、俺はただっ」

「お前、何も分かってねえな。ショータしか見えてねえから、あんな馬鹿な真似できるんだろうけど」

吹っ飛ばされ、血の滲む唇を手で隠しながらも、俺は不満を抑え切れなかった。あんなちんちくりんの女を騙して脅しつけただけで、なんで殴られなきゃならない。

あの女に殴られた頬の痛みを思い出すだけで腸が煮えくり返るほどだ。黙ってどす黒い感情をくすぶらせる俺を見た先輩は、呆れた眼差しを浮かべ、そしてどうしようもないというふうに首を横に振った。

「あのさあ、ショータは別に神でもなんでもねえぞ」

「俺にとっては」

「うるせえ黙れ、お前の意見なんざ訊いてねえんだよ。いいか、ショータは十八歳のただの高校生だ。……まあ喧嘩は強いけど、それ以外は割と普通だからな」

「そんなことない！」

「あるんだよ。普通にメシ食って、普通にテレビ観て、普通に……いやかなり家族に対して甘い。自分の妹が、誰かに騙されて傷つけられたって知ったら怒り狂うくらいにはな」

「……あんな、ブス相手に？」

「リホちゃんはブスじゃねえから。慣れると可愛く見えてくるから。嚙めば嚙むほど味が出てくるタイプなんだよ。ああ俺、なに言ってんだ」

先輩が珍しく動揺していた。けれどすぐに表情を引き締めると、屋上に座り込む俺と目線を合わせ、脅すように言ってきた。

「お前に選択肢をやるよ。ひとつ、ショータに全部話してボコボコにされてこの学校を去る。ふたつ、ショータに黙っとく。代わりに今日から俺のパシリになる。どっちがいい？」

今までも散々パシリにしといて何言ってんだこのひとは。

怒りがこみ上げてきたが、逆に冷静な部分が俺に囁く。もし神谷先輩の言うことが本当なら、妹のリホコにちょっかいを出した俺はこの学校を追放されることになる。つまり、ショータ先輩と離れ離れになるということだ。そんなことが果たして耐えられるだろうか。

あの圧倒的な強さに支配されなくなるなんて、

「嫌だ」

「どっちが？　ひとつめ？　ふたつめ？」

正直、ショータ先輩以外の人間に顎で使われるなんて死んでも拒否するところだが、

「分かりました。ふたつめでお願いします」

屈辱だった。嚙み締めた唇から唸り声が零れそうになる。俯いていたから見えないが、神谷

先輩はきっと哀れんだ目で見下ろしているに違いない。

「じゃあさっそくだけど、お前にやってもらいたいことがあるんだよね」

神谷先輩の満足そうな声に頷きながら、俺はいつか必ずこのひとを今の地位から蹴り落とし、自分こそがショータ先輩の傍近くに侍る日を想像した。それだけで血のついた唇がぐにゃりと歪むのが自分でもわかった。

神谷先輩の哀れむ視線も、あの女に殴られた痛みも、ショータ先輩のためだと思えば我慢できる。

俺は保ユタカ。あの輝きに魅入られた男なのだから。

あとがき

このたびは『春日坂高校漫画研究部』4巻を読んでいただきありがとうございます。

当時、通っていた高校の修学旅行先のひとつが長崎の五島列島でした。前日に前髪を切りすぎるという大惨事からスタートし、途中で海で溺れ、最後はこの島の子になる！　と感動で締めくくられた修学旅行です。主人公とほぼ一緒の行程ですが、胸キュンイベントはひとつもありませんでした。フォークダンスでイケメンと手を繋げたというのに、人見知りすぎてろくに覚えていません。現実なんてこんなもんです。

修学旅行がまだというキッズたちは、決して私のようにはならず、ぜひ楽しんでほしいと思います。前日に前髪さえ切らなければ大丈夫です。

最後になりましたが、口絵を担当していただいた島陰涙亜さん、表紙のヤマコさん、素晴らしいイラストをありがとうございます！

あずまの章

オマケまんが①【服装】

①
二ツ木とでかける服どうしよ〜!!
私に聞く!?
②
二ツ木君に合わせておとなしめでいってみたら!?
なるほど!!
③
当日
オタ系目指してみました…♡
てれっ
リホ参考にした…♥
④
ギャップ萌えとはやるじゃねぇか
ぎゅっ
ど?
ゴスロリ〜ん
アキバにこういう女の子いるからそっちにするか迷った
私で想像しないで!!?

オマケまんが②【オッチャンスキー】